# 수신무제

# 수신무제

1판 1쇄 찍음 2015년 2월 25일
1판 1쇄 펴냄 2015년 3월 2일

지은이 | 서준백
펴낸이 | 정 필
펴낸곳 | 도서출판 **뿔미디어**

편집장 | 이재권
기획 · 편집 | 윤영상

출판등록 | 2002년 9월 11일 (제1081-1-132호)
주소 | 경기도 부천시 원미구 소향로 17번길(두성프라자) 303호 (우)420-864
전화 | 032)651-6513 / 팩스 032)651-6094
E-mail | bbulmedia@hanmail.net
홈페이지 | http://bbulmedia.com

**값 8,000원**

ISBN 979-11-315-6284-0 04810
ISBN 978-89-6775-974-2 04810 (세트)

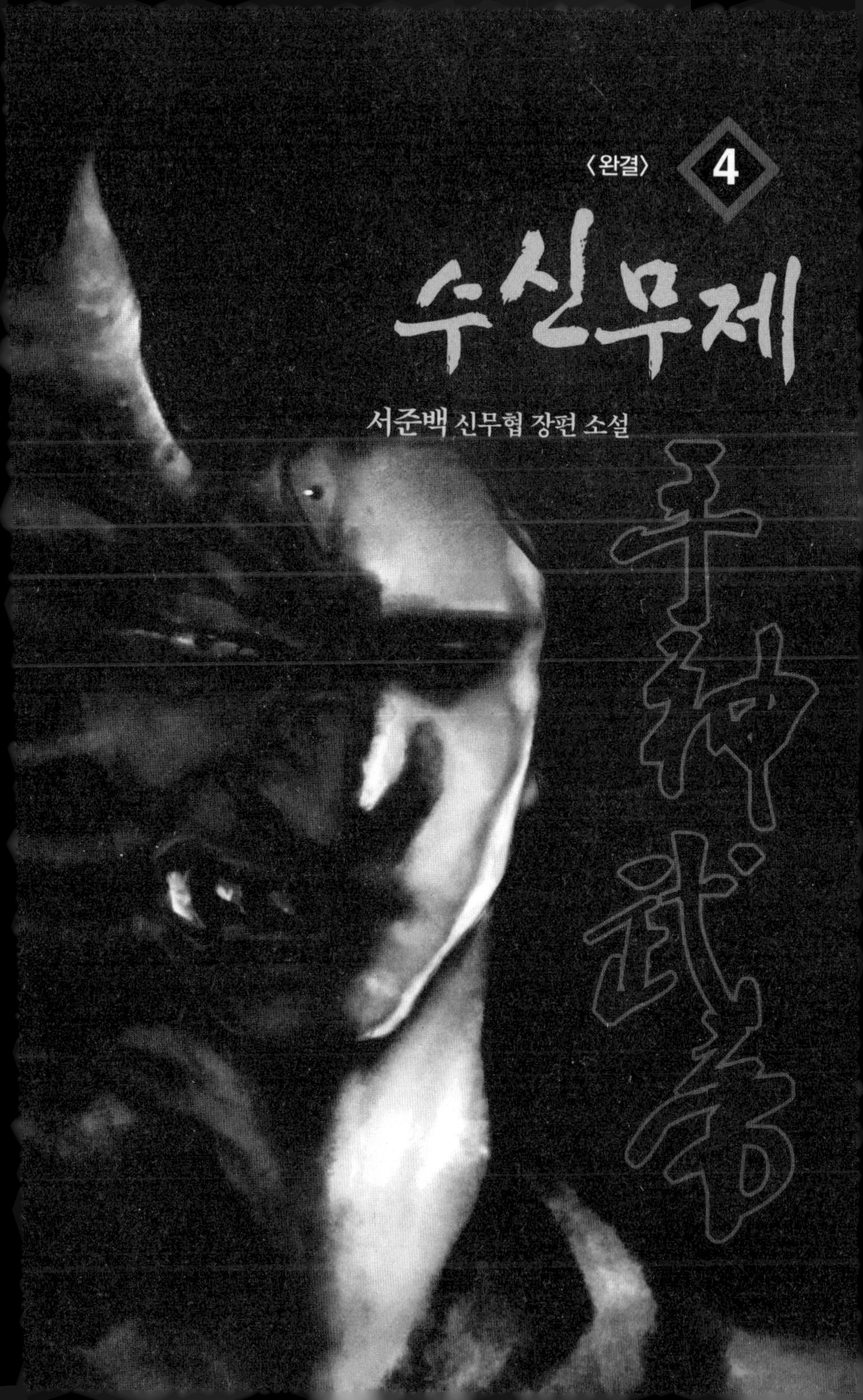
〈완결〉
4
수신무제
서준백 신무협 장편 소설
手神武帝

차례

1장

협력

―연통수사(年通修士) 오정원.


부(父) 전(前) 십팔병귀(十八兵鬼).

독무병기 곤(棍) / 별칭은 섬전(閃電)이라 불렸던 사내.

호남 악록산 전투 당시 사망(死亡).

모(母) 밝혀진 바 없음.

맹주의 지원을 받아 서른다섯의 나이에 군무맹 영군사(領軍師) 아래의 직급인 좌군사에 오름.

흐린 날, 쏟아지던 장대비가 그치고 검은 먹구름 사이에서 어울리지 않게 햇살이 뚫고 나왔다.

그사이 윤후는 사자은이와 접선 장소를 받아 두고, 그와 다음을 기약했다.

이어서 윤후는 아직도 온기가 남은 우중산의 시신을 끌어안고 마당으로 나섰다.

반듯하게 겹쳐져 탑처럼 쌓인 장작 위에 우중산을 올려 둔 윤후는 마지막으로 그가 남긴 유서를 눈앞에 펼쳐 들었다.

애초 죽음을 기다린 듯 서재에는 우중산이 남긴 유

서가 남겨져 있었다.

유서는 그리 길지 않았다.

다만 윤후를 아낀 우중산의 마음이 유서에 절절한 마음을 다해 들어 있었다.

윤후의 머릿속에서 그가 유서를 쓰던 그날의 감정, 모습들이 마치 옆에서 보는 것처럼 그려졌다.

이럴 때는 남들과는 조금 특별한 이능(異能)이 고마웠다.

적어도 이 유서를 들 때면 우중산의 기억과 모습을 간직할 수 있을 테니 말이다.


목숨을 중히 여기라고.


윤후는 조용히 눈물을 흘리면서 그가 남긴 유서를 무복 깊은 곳에 넣어 두었다.

이렇게 또 곁에 머물던 이가 떠나는 날, 윤후는 가슴 속에서 치밀어 오르는 슬픔을 쉬이 주체할 수가 없었다.

마치 모든 일들이 누군가 자신의 곁을 지키면 일어나는 것처럼 느껴졌다.

하지만 이러한 자괴감을 딛고 일어서야 한다는 것쯤은 이미 윤후 스스로도 알고 있는 일이었다.

계속 앞으로 나아가야 했다.

앞의 무엇이 있든, 먼저 떠난 이들이 남겨 둔 흔적들을 어깨에 짊어지고 이 모든 악연이 시작된 진원지를 찾아 이 악연의 고리를 끊어야 했다.

이제 인생의 목적은 오로지 적발 사내를 찾는 것.

이윽고 그는 느리게 횃불로 우중산이 누워 있는 제단 아래에 불을 붙였다.

밑바닥부터 불이 붙기 시작한 장작들이 부서지는 듯한 소리를 내며 시뻘건 화염을 일으켰다.

화염은 견고하게 쌓여 있던 장작들을 집어삼키면서 이내 그 꼭대기에 누워 있는 우중산마저 감싸 안아 버렸다.

우중산의 시신은 그렇게 서서히 윤후의 눈앞에서 한 줌의 재로 변하고 있었다. 윤후는 사라져 가는 우중산을 바라보며 복잡한 머릿속을 비웠다.

이 순간만큼은 적우도, 좌군사도 모든 복잡한 상황들을 잊고 우중산만을 위해 염을 빌어 주고자 하는 마음이었다.

고단한 삶을 살다 간 그를 위해, 그리고 장례조차 제대로 치러 주지 못한 형을 위해.


얼마 뒤 구름이 걷히고 노란 햇살이 어둠을 밀어냈다. 붉은빛 노을이 내려앉아 윤후는 마지막으로 우중산의 유골을 유골함에 담아 근방 호수에 뿌렸다.

장례는 크게 치러지지 않았다.

군무맹과 척을 졌다는 낙인을 찍히고 죽은 형과 우중산을 조문하러 올 이는 단 한 명도 존재하지 않았다.

그저 자기들 앞길에 똥물이 튈까 두려워 누구도 그들의 죽음에 대해서는 쉬이 입을 열지 않았던 것이다.

윤후도 백오동이나 우중산의 지인들에 대해서는 어떤 기대도 하지 않았다.

동생인 자신조차도 이 모든 일이 벌어질 때까지 형을 위한 어떤 일도 하지 못했기 때문이다.

이제야 조금은 형의 마음을 알 것 같은데, 어느 정도는 헤아릴 수 있을 것 같은데, 더 이상 백오동은 함께 할 수 없는 저 먼 곳으로 떠나 버렸다.

과거 백오동이 이릴 적 자신에게 해 주던 이야기가 있었다.

이승을 떠났다 하여 전부 다 사라져 버린 것이 아니라고.

누군가의 가슴에, 기억에 남아 있다면 그것이 그 사람이 살아 있다는 증거라고.

오랜 시간이 지난 지금 윤후는 호숫가 앞에서 백오동이 당시 했던 이야기를 다시 곱씹었다.

"내가…… 기억합니다. 당신들을."

＊　　　＊　　　＊

비가 걷히고 난 뒤, 겨울의 저녁은 등골이 싸늘할 만큼 소스라치게 찼다.

백리서린은 아직 몸이 다 낫지 않은 상태임에도 불구하고 밤바람을 맞으며 우두커니 서 있었다.

홍령화들 중 가장 연장자이자 수장인 오수아가 그녀에게 조심스럽게 다가갔다.

"바람이 찹니다. 들어가시지요, 아가씨."

옷자락이 펄럭일 만큼 꽤나 세차게 부는 바람 속에서 그녀는 대답 대신 엷게 미소만 머금었다.

"무엇을 해야 할지, 어디서부터 시작해야 될지 감

이 오지 않아요."

오랜 지기처럼 함께해 온 오수아는 백리서린의 말에 잠시 입을 닫았다.

상황은 날이 갈수록 악화일로를 향해 다가가고 있는데, 홍령화들도 달리 힘을 쓸 수 있는 일이 없었기 때문이다.

이윽고 침묵하던 오수아가 조심스럽게 다시 입을 뗐다.

"와 총관께서도…… 아가씨의 마음을 이해하실 겁니다."

두 다리를 잃어버린 와삼은 이제 강호인으로서의 삶이 끝난 것이나 다름없었고, 지금은 제대로 몸을 가누기 위해 개인용 사륜거를 제작 중에 있었다. 사륜거로 수월한 평지는 어떻게 움직이겠지만 앞으로 그녀를 도와 군금팔방의 업무를 처리하지 못하게 되었다.

군무맹 내부에 남아 서류 등의 탁상 업무만 맡게 된 셈이다.

와삼은 애써 괜찮은 척 했지만 그녀는 그의 눈빛에 담긴 깊은 슬픔을 피부로 체감할 수 있었다.

그래서 그녀는 죄책감을 쉬이 떨칠 수 없었다.

하지만 그 죄책감을 떨칠 수 있는 방법도, 어떤 수단도 지금 그녀에게는 보이지 않았다.

백윤후가 제안을 받아들였다면 조금은 그 실마리가 보이지 않았을까, 하는 생각이 그녀의 뇌리를 스쳐 지나갔다.

하나 이미 백윤후는 그녀의 아버지인 맹주의 뜻을 받아 움직이기로 했고 오늘이 지나면 그를 마주치는 일은 꽤나 어려울 게 빤했다.

이래저래 그녀가 움직일 수 있는 방안은 크지 않았다.

그저 아버지인 맹주로부터 이 일을 도울 수 있는 방법을 알려 달라 물어보는 것밖에는.

"그만 물러들 가세요."

답답한 마음 때문인지 그녀는 홀로 있고 싶었다. 하나 오수아는 쉬이 물러나지 않았다. 와삼이 두 다리를 잃은 그날부터 오수아는 자신을 자책하고 또 자책했다.

홍령화들 일원 모두가 어떤 방식으로든 그녀에게 은혜를 받은 사람들이었다. 한평생 그녀를 위해 목숨을 바치기로 했고, 늘 그녀의 곁에 있었다. 와삼의 비극이 시작된 그날은 홍령화들이 처음으로 그녀와 함께 움직이지 않은 날이었다.

백리서린이 금방 해결하고 올 간단한 문제이니 홍령화들에게 군무맹에 머무르라 명령했기 때문이다.

하지만 아무리 그녀의 명령이 있어도 오수아는 자신이 고집을 피웠어야 자책했다.

적어도 그래야만, 비극 일어나던 그날 그 자리에 없었다는 것에 대한 미안함을 갚는 것이라고 생각한 까닭이다.

백리서린도 오수아의 마음을 누구보다 잘 알고 있었다.

"오 령주 때문이 아니에요. 오 령주는 제 명을 따라 주었고 그대로 행했을 뿐이에요. 어떤 죄책감도 가지지 마세요. 이것 또한 명입니다. 부디 명을 따라 주세요."

오수아가 쉬이 자리를 뜨지 않자 백리서린은 그녀를 다독이듯 입을 열었다. 그녀의 목소리에 오수아는 더 고집을 부리려 했으나 백리서린의 단호한 눈빛에 그녀는 더 이상 어찌할 도리가 없었다.

"물러 간다—!"

오수아는 그녀의 명령에 알겠다는 양 깊게 목례를 하고는 근방에 자리 잡고 있던 수하들과 함께 천천히 장내를 벗어났다.

이제 목조 다리 위에 우두커니 남은 것은 그녀뿐.

군무맹의 내부 순찰 병력들이 움직이지 않는 한 그녀의 사색을 방해할 이는 더 이상 존재하지 않았다. 그때, 다리 아래에서 손 하나가 뻗어졌다.

추심호양단(錐心護楊團)의 무복을 입은 사내였다.

중년인으로 보이는 사내는 그녀의 등 뒤 건너편 다리에서 은밀하게 넘어왔고, 느리게 그녀에게 다가갔다.

그녀는 그때까지 기척을 느끼지 못한 듯 정면만 응시하고 있었다. 이어서 중년인의 솥뚜껑 같은 손이 빠르게 그녀의 입을 감쌌다.

"나요, 백윤후."

반항하려던 그녀는 이내, 손에 힘이 빠지는 것을 느끼고는 재빨리 고개를 돌렸다.

"왜 당신이 추심호양단의 복장을 하고 있는 것이죠?"

"일전에 챙겨 둔 바가 있었소. 혹여나 하고 말이
요."

윤후의 대답에 그녀는 그래도 이해할 수가 없다는
듯 물었다.

"누구에게도 들키지 않고 들어왔다는 건, 거의 불
가능한 일일 텐데요."

"그래서 인피면구를 꽤나 많이 챙겼소. 내가 아는
이의 것까지."

윤후는 들어올 때 적우가 가진 신분들을 이용했고,
내부로 들어와서부터는 은밀하게 움직이기 위해 추심
호양단의 복장을 착용하고 최대한 다리 아래 등을 이
용했다.

사방이 트인 곳에서부터는 일전에 챙겨 두었던 추
심호양단의 복장을 하고 순찰을 하는 듯 여유롭게 움
직인 것이다.

추심호양단의 복장을 제외하고는, 과거 적우와 함
께 군무맹에 기습 침입을 하려고 하다 준비한 방법들
이 이번에 많이 쓰였다.

그렇게 무사히 그녀에게 접근한 윤후는 자신을 뒤
쫓는 이가 없는지 확인하고는 나지막한 목소리로 입

을 열었다.

"시간이 얼마 없습니다. 지금부터 내가 하는 말을 잘 들으셔야 합니다."

윤후의 날카로운 눈빛에 그녀는 고개를 저었다.

"긴히 할 이야기라면, 내 측근의 도움을 받는 것이 나을 거예요. 우선 내 처소로……."

"아닙니다."

윤후가 재빨리 그녀를 가로막고 섰다. 그는 마른침을 삼키며 계속해서 입을 열어 갔다.

"내게는 외부에서 따로 활동하는 거래처가 있습니다. 그 거래처는 형으로부터 시작됐고, 지금은 내가 신뢰하고 있는 유일한 인물입니다."

"그걸 왜 내게 알리는 거죠?"

"공녀나 맹주는 이 일과 연관성이 없다는 건, 이미 보인 사실들만으로도 충분히 알 수 있는 일입니다."

"만약 당신이 틀리다면?"

그녀의 반문에 윤후가 쓰게 웃었다.

"내가 가는 길이 하늘의 뜻이 아닌 것이라 생각할 수밖에 없을 겁니다."

윤후의 대답에 그녀가 굳어 있던 안색에 가벼운 미

소를 보이면서 말했다.

"그렇다면 이번에는 하늘의 뜻이 확실하겠네요."

자신을 믿으라는 그녀의 말이 꽤나 든든하게 들리
는 윤후였다.

기실 어둠 속에서도 그녀는 홀로 빛을 받는 듯, 청
아하게 보였다.

지금 어떤 사내든 그녀의 미소를 보았다면 쉬이 눈
을 떼지 못했을 것이다.

하지만 강호에서 으뜸을 다투는 미인을 눈앞에 두
고도, 윤후는 자신의 곁을 떠나보낸 아홍이 떠올랐
다.

아홍도 이런 집안에서 태어났다면, 자신을 만나지
않았을 것이다. 그저 그녀를 떠올릴 때마다 윤후는
심장 한쪽이 저릿하게 아파 왔다.

윤후가 찰나간, 입을 닫고 목석처럼 아무런 움직임
도 보이지 않자 그녀가 의아한 눈빛으로 그를 바라보
았다.

"왜 그러시죠?"

그녀의 물음에 윤후는 아니라는 듯 고개를 좌우로
저었다.

그런 윤후를 향해 그녀는 미소를 머금은 얼굴로 재차 입을 뗐다.

"시간이 없으니 간단하게 듣도록 하죠."

그녀도 누군가 오기를 바라지 않는 듯 윤후를 재촉했다.

윤후 또한 잔뜩 날이 선 눈빛으로 빠르게 말을 덧붙였다.

사자은이에 관한 이야기.

그리고 앞으로 그녀가 접선해야 될 장소.

무엇보다 그녀에게 부탁해야 할 일까지.

윤후는 자신이 생각한 가장 간단한 이야기들로 그 모든 것들을 함축해서 이야기했다.

"……적우와 좌군사의 움직임이 심상치 않다는 걸 알게 됐습니다."

윤후는 이야기를 시작하며 입술을 질끈 깨물었다.

누구보다 믿고 신뢰했던 사람이다.

어쩌면 목숨도 줄 수 있다고 생각하던 그 사람이 이제는 자신에게 등을 돌린 건지도 모른다는 증거들이 나오고 있었다.

윤후로서는 쉬이 믿고 싶지 않은 상황이었지만 지

금은 자그마한 증거들도 놓칠 수 없었다.

그래서 윤후는 어쩌면 이 일을 그녀에게 부탁하는 것인지도 모른다는 생각을 했다.

차마 모든 일을 캐내면서 적우가 숨긴 진실에 가까워지는 것이 두려워지기에, 누군가가 자신을 도와 이 일을 밝혔으면 하는 것이다.

만약…… 형을 통해 보았던 그 적발의 사내가.

'만약 적우라면.'

모든 이야기는 달라진다.

이제는 정말 누구도 쉬이 믿을 수가 없었다.

적우가 했던 이야기, 행동 모든 것들이 거짓처럼 느껴졌다.

이야기를 하던 윤후가 잠시 다른 상념에 빠진 듯하자, 백리서린이 나지막한 목소리로 입을 열었다.

"십팔병귀 적우라는 분. 각별한 사이셨군요."

그녀의 말에 윤후는 긍정도, 부정도 하지 않았다.

다만 생각을 정리하며 이야기했다.

"어떤 사이든 상관없습니다. 누군가의 복수를 하고자 하신다고 하셨지요."

윤후의 말에 그녀가 무겁게 고개를 끄덕였다.

"하나, 반드시 복수만이 답은 아닙니다."

윤후는 그녀뿐만이 아니라 자신 스스로에게도 그리 이야기하고 있는 것이나 다름없었다.

지키지 못할 걸 알면서도.

이어서 그는 자신을 바라보고 있는 그녀를 향해 담담한 어조로 계속 말을 덧붙였다.

"늘 복수보다도 중요한 가치가 있다는 걸 잊지 마셨으면 합니다. 나는 실패했으나 적어도 공녀께서는 그리하길 바랍니다."

윤후의 진심 어린 눈빛을 마주한 그녀는 수많은 기억들로 인해 고통스러워하는 그를 볼 수 있었다.

아무런 움직임도 없이 입만 열고 있는 그였지만 그녀는 그의 눈빛만 마주 보고도 그가 무척이나 고통스러워하는 것을 직감할 수 있었던 것이다.

슬픔 그 이상의 감정들이 윤후의 눈빛이 깃들어 있었고 그녀는 그런 그에게 연민을 느낄 수 있었다.

이미 들은 이야기들로 그가 크나큰 일들을 연거푸 겪었다는 것쯤은 그녀도 아는 사실이었기 때문이다.

그녀는 자신도 모르게 윤후를 향해 손을 내밀었다.

윤후는 성큼 다가와 자신의 흐트러진 머리칼을 부

드럽게 쓸어 넘겨주는 그녀를 보고는 멈칫했다.

목석처럼 우두커니 선 그와 숨결이 닿을 만큼 가까워진 그녀는 그제야 자신이 그의 머리칼을 쓸어 넘겨주고 있다는 것을 깨닫고는 어색한 미소를 머금으면서 뒤로 물러났다.

"말해 주세요."

물러난 그녀가 다시 표정을 고쳐 지으며 윤후에게 입을 열었다.

"……무엇을 말입니까."

되묻는 윤후에게 그녀는 지체 않고 대답했다.

"어떻게 하면 내게 남은 사람들을 지킬 수 있는 건지."

"이 모든 일이 만약 배후에 있는 또 다른 끈에 의해 시작된 거라면, 그 끈은 분명 좌군사와 적우에게 연결되어 있을 겁니다. 그 끈을 찾아 주시면 됩니다. 외부로 움직여야 할 때는 제가 말한 사자은이를 찾으셔야 합니다. 단순한 일은 아니니 말입니다."

커다란 권력을 쥐고 있는 오정원의 뒤를 쫓는 일이었다.

군무맹의 상계(商界) 운영에만 심력을 다하던 그녀

에게는 쉽지 않은 일일 게 분명했다.

오정원은 마음만 먹으면 움직일 수 있는 병력들이 즐비했고 반대로 그녀는 단독으로 움직일 수 있는 병력이 홍령화에 국한되었기 때문이다.

사실 윤후도 그녀도 그런 부분을 알고는 있었지만, 달리 신뢰할 만한 인물이 지금 윤후에게는 존재하지 않았다.

내부 정보를 캐내는 데 운용되었던 것이 적우였기에, 이제는 적으로 돌려야 할지도 모르는 그에게 기대를 할 수 없었던 탓이다.

윤후는 함께해 주겠다고 말하는 그녀에게 고마울 수밖에 없었다.

이윽고 장황한 이야기가 끝나고 난 뒤, 윤후가 그녀에게 조심스럽게 다른 이야기를 꺼냈다.

"한 가지 일을 더 부탁할 것이 있습니다. 이건 공녀의 일과 관련된 것이 아니니, 거절하셔도 어쩔 수 없는 일입니다."

갑작스레 또 다른 이야기를 꺼내는 윤후를 그녀가 의아한 빛으로 쳐다봤다.

그런 그녀의 눈빛을 마주 보며 다시 입을 연 윤후

는 꽤나 고통스러운 얼굴로 본론으로 들어갔다.

"제가 적우에게 맡긴 사람이 있습니다. 만약 적우와 오정원의 뒤를 캐다, 그 사람의 흔적이 보인다면 부디 그 사람을 구해 주셨으면 합니다."

"누군가요, 그 사람이."

그녀는 직감적으로 윤후가 말을 꺼낸 사람이, 그가 사랑하는 사람임을 알 수 있었다.

그리고 그의 또 다른 고통의 진원지임을.

"아홍이라고 합니다. 곽운이란 사람 또한 아마 그녀의 곁에 머물고 있을 겁니다. 만약 그 두 사람의 흔적을 발견할 수 있는 정보가 생긴다면……."

윤후는 아홍을 떠올리며 입술을 잘근잘근 씹었다.

믿고 싶진 않지만 적우가 분명 자신이 찾는 적들과 끈이 있다는 가정들이 설명이 되고 있었고, 필연적으로 그들을 찾기 위해서는 적우의 뒤를 쫓아야 하는 것이 당연해졌다.

무엇보다 윤후는 적우가 오정원이 알고 있는, 어딘가에 아홍을 숨겨 놨으리라 확신하고 있었다.

당시 그와 나눴던 이야기에서 그 사실을 추측할 수 있었기 때문이다.

"그리 된다면?"

반문하는 그녀에게 윤후가 마른침을 삼켰다.

이어 그가 흔들리는 눈빛으로 어렵사리 말을 덧붙였다.

"제게도 모르게…… 그들을 떠나보내 주십시오. 몸성히 그들이 강호를 떠날 수 있도록. 이 고통스러운 일들을 잊을 수 있도록 말입니다."

윤후는 자신의 곁을 떠나던 사자은이에게도 똑같은 부탁을 했다.

적우의 품에 그들이 있는 한, 윤후는 계속 쇳덩이 같은 죄책감을 품을 수밖에 없었기 때문이다.

마음 같아선 지금 당장이라도 적우의 멱살을 잡고 그녀가 어디 있는지 알아내고 싶었지만 이번 기회를 단번에 날려 버릴 수 없었다.

적발 사내의 정체가 과연 누구인지.

그게 적우인지, 아닌지를 이번 임무를 통해 밝힐 수 있을지도 몰랐기 때문이다.

그 사실을 밝혀지는 순간, 아마도 이 모든 일의 해결점이 생길지도 몰랐다.

괜히 함부로 벌집을 쑤셨다간, 그들의 덜미를 잡을

수 있는 모든 기회가 눈 깜짝할 새 사라져 버릴 것이
다.

그러기 전에 마음 놓고 있는 오정원과 적우의 빈틈
을 찾아내야 했다.

윤후는 백리서린과 사자은이가 반드시 그리 해 주
기를 바랐다.

"만약 이 일이 무사히 진행된다면, 백 대협은 내게
빚을 진 거예요."

그녀는 자신의 일로도 힘겨울 것임에도 불구하고
윤후의 청을 받아들여 주었다.

거절할 확률이 높다고 생각했던 윤후에게도 그런
그녀의 시원한 대답은 꽤나 의외였다.

윤후는 진심으로 그녀에게 깊게 고개 숙였다.

"고맙습니다, 공녀."

고개 숙이는 윤후를 바라보며 그녀가 엷은 미소와
함께 입을 열었다.

"행복하신 분이네요, 아홍이라는 그분은. 백 대협
의 무한한 사랑을 받으셨으니까요."

"그 반대일 겁니다. 제 사랑으로 하여금 걷지 않아
도 될 고통의 길을 걸은 사람이니."

쓸쓸하게 미소 짓는 윤후를 향해 백리서린이 고개를 저으며 말했다.

"일평생 누군가의 무한한 사랑을 받는다는 건, 여인으로서 큰 행복이에요. 아마 그분께서도 여전히 백대협이 주신 사랑으로 힘든 고난을 버텨 내고 계실 겁니다."

"그렇게라도 그녀가 살아만 있다면 좋겠습니다."

윤후는 간절한 바람이 깃든 눈빛으로 그녀의 말에 대답했다.

이어 윤후는 구름 속에 얼굴을 내민 달빛을 바라보면서 그녀를 향해 다시 입을 열었다.

"이만 가 봐야겠습니다."

"결국 같은 배를 타게 된 셈이로군요."

그녀의 말에 윤후는 미소를 보이고는 다시 다리 위에 올라섰다.

다리 아래를 통해 왔던 길을 되짚어 움직이기 위해서였다.

달빛 아래, 다리 위에 올라선 윤후의 뒷모습을 바라보며 그녀가 부드러운 목소리로 입을 열었다.

"다시 보길 바라요."

윤후가 꽤 오랜 여정을 떠날 것이라는 걸 아는 그
녀의 말에 살짝 고개를 돌린 윤후가 엷은 미소와 함
께 대답했다.

"진 빚을 갚기 위해서라도, 별 탈 없이 돌아오겠습
니다."

그 말을 끝으로 윤후의 그림자가 다리 아래로 빠르
게 떨어져 내렸다.

그렇게 사라지는 그의 그림자를 바라보던 그녀는
홀로 읊조리듯, 나지막한 목소리로 중얼거렸다.

"이상하게 당신이 눈에 밟히네요. 왜일까요, 당신
이 나를 구해 줬기 때문일까요. 아님, 내가 당신을
동정하고 있는 걸까요? 그것도 아니라면 나는…… 위
태로운 당신의 손을 잡아 주고 싶은 걸지도."

스쳐 지나가는 바람 끝에 그녀의 소리 없는 메아리
가 공허하게 날아갔다.


무사히 장원으로 돌아온 윤후를 맞이한 것은 의외
의 인물이었다. 윤후는 자신의 처소로 들어가기 전,
기둥 모퉁이를 바라보며 입을 열었다.

"무슨 일입니까. 아직 떠나기 전에는 말미가 남았

는데."

어둠 속에서 모습을 드러낸 것은 다름 아닌 아선이 었다. 아선은 윤후를 향해 다가와 무겁게 입을 열었다.

"할 이야기가 있소."

"들어가서 이야기 합시다."

윤후의 말에 아선이 고개를 끄덕였다.

아선은 먼저 윤후가 가리킨 방 안으로 들어가서는 윤후가 들어오기도 전에 곧장 이야기의 본론을 꺼냈다.

"원로원주의 움직임이 심상찮소. 선우 일가에 충성 했던 무리들 일부들이 만태상의 처소를 오 다니고 있소이다."

"그런 중요한 이야기를 왜 내게 하는 것이오."

"이 일과 관련이 있는 듯하여 말하는 것이외다."

윤후는 아선의 대답에 근처 자리에 앉으면서 미간을 찌푸렸다.

"그가 반란이라도 획책한다는 말이오?"

"어쩌면."

아선은 늘 원로원주를 경계했다.

애초, 그는 맹주 자리에 욕심이 있던 인물이었기에 백리장천이 하는 일에 늘 부정적인 대답을 내놓았었다.

그렇기에 그런 그의 움직임을 늘 살피는 몫은 아선이었다.

아선이 이번 임무가 가장 중요한 것을 알면서도 임무를 함께 하지 못하겠다고 결정한 건 최근 들어 만태상 주변에서 일어나는 사안들이 전과 같지 않기 때문이었다.

아선은 그러한 상황을 윤후에게 알리면서 동시에 당부의 한마디를 덧붙였다.

"누구도 믿지 마시오."

"그런 말은 굳이 당부 할 필요 없소. 이미 그렇게 하고 있으니."

윤후의 말에 알겠다는 양 고개를 까딱인 아선은 이어서 말을 덧붙였다.

"작전 수행은 사마련의 중심지, 광동성 광주가 될 것이오."

이미 예상한 윤후는 침묵을 지켰다. 잇따른 침묵 속에서 아선이 쉬지 않고 계속 이야기를 시작했다.

"백 대협은 그곳에서 사마련의 내부로 침투하게 될 것이오. 이미 사마련 주위에서 방첩(防諜)을 벌이고 있는 본 맹의 병력들이 백 대협을 도울 것이외다. 하나, 큰 도움은 되지 못할 것이오. 그들 또한 점 조직처럼 누가 사마련에 어떻게 침투되어 있는지 모르고 그들의 명단을 지니고 있는 건 맹주님을 비롯한 최고 위급 수뇌들뿐이니 말이외다."

아선의 말에 윤후는 이번에도 고개를 끄덕이는 것으로 대답을 대신했다.

묵묵히 아선의 이야기를 듣기만 하던 윤후가 다시 입을 연 것은 아선이 오정원에 관한 이야기를 꺼낼 무렵이었다.

"……지금껏 들어온 정황을 미뤄 봤을 때, 나는 한 가지 의문점이 생겼소. 어찌하여 중요한 핵심들을 좌군사께서 숨겼는지. 책임자로서의 소임을 왜 다하지 않았는지. 그리고 그 의아한 점들을 맞춰 봤을 때 십팔병귀 적우가 한동안 우군사의 명을 받지 않고 따로 백 대협을 도왔다는 것과 조각이 들어맞는 것이 있었소. 적우가 타격대 대대에 몸을 담고 있을 때 좌군사와 작전 중 꽤 깊은 연을 맺었다는 사실 말이오. 이번 사안을 통해 과거 문서들을 뒤져 본 결과지.”

“좌군사란 자리가 본래 다른 요인들하고도 작전을 같이 하지 않소?”

윤후의 반문에 아선이 고개를 끄덕이며 말을 덧붙였다.

“그렇긴 하지만 만태상과 영군사는 좌군사와는 달리 적우와 큰 연을 맺은 일이 없었소. 작전도 동시에 진행한 것이 없었지. 그러니, 이제는 말해 주오.”

아선이 윤후를 똑바로 응시하며 입을 뗐다.

“아는 게 무엇이오.”

윤후가 아직 다 이야기하지 않았다는 것을 이미 아선은 확신한 것 같았다.

아선의 말에 윤후는 잠시 입을 닫았다.

윤후도 기실 아선에게 자신이 알고 있는 바를 모두 말하고 싶었다.

적우에 관한 것도. 좌군사 오정원에 관한 것도.

하지만 지금 그 모든 것을 이야기 하면 생각했던 계획이 틀어질 수도 있었다.

이윽고 한동안 고심하던 윤후가 눈을 빛내며 입을 열었다.

"당신의 말이 맞소. 나는…… 아직 모든 걸 말하지 않았소. 아는 바를."

"그 연유가 무엇이오. 내가 납득할 만한 대답을 듣지 못한다면 나는 이 자리에서 백 대협, 당신을 추포할 것이외다."

아선이 품고 있던 기운을 방출하기 시작하자 그의 무복 소맷자락이 펄럭였다.

아선이 본격적으로 윤후를 압박하자 그도 왼쪽 발을 뒤로 빼며 오른 발을 천천히 앞으로 내밀었다.

언제든지 응수할 만한 태세를 갖추자 아선이 미간을 찌푸린 채 물었다.

"결국 맹주님과 반목하겠다는 이야기오?"

"아직…… 내 얘기가 끝난 것이 아니잖소."

윤후는 그저 아선의 반응에 따라 본능적으로 수비 태세를 취한 것뿐이었다.

아선도 아직까지 부드러운 윤후의 목소리에 방출했던 기운을 다시 거둬들였다.

"대답 여하에 따라 언제든지 맹주님과 척을 져야 할 것을 각오해야 할 것이외다."

아선의 딱딱해진 표정에 윤후가 고개를 끄덕이면서

말을 이어 갔다.

"말을 잇기 전에 한 가지 청할 것이 있소."

"말해 보시오."

"이 계획은…… 신중해야 할 것이오. 쉽사리 모든 일을 드러내고 공식화한다면 그 뒤에 따라올 것은 관련자들이 몸을 뺄 수 있는 시간만 벌어 주는 꼴이 될 것이오."

윤후의 대답에 아선의 눈동자가 새파랗게 빛났다.

지금 윤후가 부탁하는 일은 아선 홀로 결정할 수 있는 문제가 아니었던 까닭이다.

아선의 얼굴에 난감한 기색이 잠시 서렸다 사라졌다.

그가 쉽사리 대답하지 못하자, 윤후가 아선을 향해 쐐기를 박듯 입을 열었다.

"부탁하오. 이 일은 반드시 그리 되어야 하오."

"확실한 약조는 할 수 없소. 하나 그럴 만한 일이라면 맹주님께 피력해 보겠소이다."

아선이 홀로 결정할 수 있는 문제가 아님을 윤후도 알기에 그는 결국 아선의 말에 고개를 끄덕였다.

이미 윤후도 마음의 결정을 내렸기 때문이다.

어차피 사마련으로 이동해서 활동하기 시작하면 언제 어디서 큰일을 치를지 몰랐다. 무엇보다 이 일을 맡긴 사자은이와 백리서린 둘의 힘으로는 오정원을 상대하기 쉽지 않다는 결론이 섰다.

오정원이 만만찮은 상대라는 건 이미 진즉부터 윤후도 인지하고 있었던 사실이었기 때문이다.

무엇보다 아선이 말한 만태상의 움직임이 윤후의 신경을 자극했다.

모든 일들이 수레바퀴처럼 하나씩 들어맞고 있다는 직감이 든 탓이다.

적우, 오정원, 그리고 만태상.

마지막으로 적발 사내까지.

유기체처럼 움직이는 그들을 막기 위해선 윤후 자신도 이 일을 막을 동조자들을 최대한 많이 구해야 했다.

적어도 윤후가 생각하기에 맹주와 아선은 적발 사내와 어떤 끈도 닿아 있지 않아 보였다.

그렇기에 윤후는 자신이 아는 바를 털어놓기로 작정한 것이다.

"맨 처음 이 일이 발생한 것은 형이 군무맹의 죄인

으로 끌려가면서부터요."

윤후가 어렵사리 이야기의 운을 떼자 아선이 무겁게 고개를 끄덕였다.

"삼외옥 사건부터 시작해 꽤나 많은 이들이 내게 벌어졌소. 그 와중에 나를 도왔던 건 비단 적우뿐만이 아니지."

"좌군사군. 내 말이 맞소?"

윤후가 고개를 까딱였다.

"좌군사가 돕지 않았다면 나는 맨몸으로라도 맹주님을 찾아뵈었을 것이오. 아님 무슨 짓이든 벌였겠지. 형을 위해서."

"군무맹과 척을 지을 뻔했다?"

"그렇소. 형의 목숨을 살려야 했으니까."

아선은 윤후의 말로 말미암아 새로운 돌파구를 찾은 것 같았다.

전혀 생각지도 못했던 인물.

좌군사 오정원이 이번 일에 개입되어 있었던 것이다.

하나 오정원은 그러한 이야기를 맹주에 전혀 하지 않았다.

어떤 보고에도 오정원이 윤후와 관련이 있다는 사실은 밝혀진 바 없었다.

"한데 좌군사는 무엇 때문에 백 대협과 손을 잡은 것이오?"

아선이 궁금한 지점은 바로 이 부분이었다.

사실 따지고 보면 오정원이 윤후와 손을 잡을 만한 이유가 없었던 것이다.

적우는 그와 사형제지간이라는 것이 밝혀졌고 그에 따라 도왔다고 하지만 오정원은 사실상 윤후와 전혀 연을 맺은 일이 없었다.

아선이 의아하다는 듯 묻자 윤후가 지체 않고 그에게 대답했다.

"좌군사는 제보에 의해 움직였다고 들었소이다. 물론 이번 일에 의구심을 품고 나를 투입하는 것이라고도 덧붙였지. 군수물자를 다루는 가문들이 일제히 사마련과 접선을 시작한 것이 수상쩍다면서 말이오. 사실 이번 주모자들을 한데 묶고 그 거래 현장을 잡은 것은 좌군사의 공헌 아니었소?"

"맞소. 하여 그 당시 책임자를 맹주께서 좌군사로 택한 것도 무리가 아니었지. 잠깐."

윤후의 물음에 당시 상황을 되짚어 가며 대답하던 아선이 무언가 기억이 난 듯 미간을 찌푸린 채 잠시 입을 닫았다.

아선이 침묵을 지키자 윤후도 입을 다물고 그가 다시 입을 열기를 기다렸다.

그러기를 얼마쯤 흘렀을까, 한동안 입을 열지 않고 있던 아선이 다시금 입을 뗐다.

"좌군사가 맹주께 이번 일에 대해 보고를 받았다는 것은 당시 명확한 제보들 때문이었소. 그 제보의 중심 인물은…… 적우, 적우였지. 적우가 올린 보고에는 군수 물자를 맡고 있는 가문들의 움직임, 그들이 접촉한 사마련의 첩자들. 그 모든 것들이 명확히 적혀 있었소. 믿지 않고서는 배길 수 없었지. 맹주께서는 응당 이 일을 직속상관인 우군사가 알고 있을 거라고 생각하셨소. 그리하여 그 부분에 대해서는 묻지 않고 이 일을 좌군사께 일임하셨지. 우군사가 통솔하는 십팔병귀를 적우가 활용한 것부터, 그 둘이 이 모든 작전을 함께하고 있다고 생각했으니 말이오."

이제야 하나둘씩 실타래가 풀리는 듯 아선의 표정이 급변했다.

그는 뒤통수를 둔기로 한 대 맞은 듯 믿기지 않는다는 얼굴로 인상을 찌푸리고 있었다.

이어서 아선에게 윤후는 아직 끝나지 않은 이야기를 전해 주었다.

"그뿐이 아니오."

"무엇이 더 남았단 말이오?"

"외부에서 내게 정보를 조달해 주는 친구가 하나 있소."

"그런데?"

눈을 가늘게 뜬 아선이 반문했다.

동시에 윤후가 사자은이와 대화를 나누면서 알아낸 빈틈을 아선에게도 일러 주었다.

"삼외옥 전투 당시, 나는 좌군사의 제안을 받아들이고 그의 부탁에 따라 사마련 접선 당시 잡아낸 끈 하나를 이용하기로 했소. 최상급 사안이었던 이십삼. 그였지."

"이십삼."

아선도 그 보고에 대해서는 이미 알고 있었다.

이십삼은 당시 사마련의 첩자로 불렸던 자였고, 그를 통해 배후가 무엇을 의도하는지 어떤 방향으로 움직일지를 파악하고자 계획을 세웠었다.

하지만 삼외옥이 습격당하면서 이십삼의 흔적도 완전히 사라져 버렸다.

그 탓에 이삼삽을 중심으로 이루려 했던 배후 세력의 조사도 큰 타격을 입었다.

한데 지금 윤후의 말에 따르면 그 이십삼이 윤후와 조우했었다는 사실이 밝혀진 셈이다.

"이십삼은 어디 있소."

그가 살아 있다면 반드시 만나야 할 상대라고 생각한 아선의 물음에 윤후가 고개를 저었다.

"지금은 나도 모르오. 오정원, 그만이 알고 있겠지. 그를 풀어 준다고 말했으니."

윤후의 대답에 아선은 모든 일들이 오정원을 중심으로 이루어졌다는 것을 새삼 깨달아야 했다.

윤후가 모르는 사실을 오정원은 알고 있다.

"좌군사 오정원이 백 대협의 말대로 모든 패를 손에 쥐고 있었다면, 어쩌면 그 또한……."

"그 추측이 맞을 거라고 보오. 이미 나도 반 이상의 확률은 그가 이번 배후 세력과 끈이 닿아 있을 거라고 생각하고 있으니."

윤후의 대답에 아선은 자신만 그리 생각하는 것이 아님을 직감했다.

이미 윤후는 오정원에 대해 의심을 품고 있었던 것이다.

"만약 내게 얘기하지 않았다면 대체 어쩔 자정이었소."

아선의 단도직입적인 물음에 윤후가 기다렸다는 양 대답했다.

"공녀께서 날 돕고 계시오."

윤후의 대답에 아선의 눈에 놀란 빛이 서렸다.

쉽게 사람을 믿을 수 없는 상황에 놓인 그가 몇 번 깊게 만나지도 않은 그녀를 믿고 있다는 사실에 놀랐고, 너무나 의외의 인물이 이 일에 개입하기 시작했다는 사실에 두 번 놀랐다.

하지만 놀란 것과 동시에 우려 또한 시작됐다.

맹주인 백리장천이 그녀를 얼마나 아끼는지 알고 있는 아선이기에, 윤후가 공녀를 이 일에 끌어들이는 빌미를 제공한 것에 대해 노여워할지도 모른다는 생각이 든 까닭이다.

윤후도 아선의 생각을 읽은 듯, 고개를 끄덕이며

재차 입을 열었다.

"맹주께서 노여워하실지도 모른다는 생각을 하지 않은 건 아니었소. 하지만…… 지금은 누구도 믿을 수 없는 상황. 노출되어 있는 이들을 제외하고 외부와 끈이 닿을 수 있는 연결점이 필요했소."

"공녀께서 움직이는 것 또한 그 조건을 충족시키긴 어려울 텐데?"

"맹주께서 공녀를 아끼신다는 건, 나만 알고 있는 사실이 아니오."

윤후의 말에 아선은 그가 무슨 말을 할지 정확히 예상했다.

"좌군사도 예상할 것이라고 보는 것이군. 내 말이 맞소?"

"그렇소."

윤후가 무겁게 고개를 까딱였다.

고개를 끄덕인 윤후는 아선을 향해 재차 입을 열었다.

"좌군사는 맹주께서 공녀를 어떻게 생각하는지, 이미 알고 있을 것이오. 지금 배후 세력과 좌군사 간의 끈을 정확히 찾지 못한 이상 그들보다 두세 걸음은 내다봐야 하오. 다시 말해 그들이 걷는 걸음을 쫓기만 해서는 그들을 잡을 수 없소. 그들이 생각하는 걸 똑같이 생각한 후 그 허점을 찔러야 한다고 생각했소."

윤후의 말을 아선은 충분히 이해했다.

오정원 또한 이번 일에 공녀가 개입되리라고는 생각지 못할 것이다.

윤후와 공녀의 긴밀한 관계가 드러나지도 않았던 탓이다.

하나 만약이란 가정을 하지 않을 수만은 없었다.

이미 공녀의 신변에 한 차례 사단이 일어난 이상, 맹주의 반응은 분명 긍정적이지만은 않을 게 빤했기 때문이다.

아선은 우선 이번 일을 보고해야 한다고 생각했다.

윤후도 아선이 백리장천에게 이야기할 것이라는 걸 알았기에 미리 못을 박듯 입을 열었다.

"맹주님께 이 일에 대해 말씀드리는 건, 상관없소. 하지만 이 일이 수면 위로 드러나거나 누군가의 입을 통해 퍼진다면 공녀께서도 안위가 위험해질 것이오. 그러니 반드시 은밀하게 행해 주셔야 하오. 보고 또한."

믿을 수 있는 이들은 소수에 불과했고 아선도 그 점에 대해서는 동감했다.

무엇보다 긴박하게 이뤄지고 있는 지금 상황에서는 윤후의 말이 옳다고 여겨졌다.

이윽고 아선에 대부분의 이야기를 털어놓은 윤후는 곧장 말을 덧붙였다.

"이제부터는…… 음지에 숨어 있던 적들도 서서히 완전히 모습을 드러내기 시작할 것이오. 그들과 끈이 닿은 자들 또한 손을 잡고 기존의 것들을 무너뜨리려 들 것이고. 사실 나는 처음부터 누가 강호의 주인이 되건, 어떤 조직을 만들든 상관이 없었소."

계속되는 윤후의 말에 아선은 눈을 빛냈다.

말을 들으면서, 윤후의 진심을 들여다볼 수 있었기 때문이다.

이어서 윤후는 아련해진 눈빛으로 말을 덧붙였다.

"……하나, 형의 죽음과 이어진 일련의 일들은 상관없다 생각했던 판단이 틀렸다는 걸 깨닫게 해 주었소. 방법이 틀렸으니까. 애꿎은 이들마저 희생시키면서 천하를 얻을 수 있다고 생각하는 그들의 의지를 전부 꺾어 버릴 것이오. 나는 내 형의 죽음이 결코 허무하지 않고, 의미 있었다는 사실을 그들의 뇌리 속에 똑똑히 박혀 들도록 만들 것이외다."

윤후는 그 말을 끝으로 완전히 입을 닫았다.

입을 닫은 윤후를 그윽한 눈길로 바라보던 아선은 잠시 후, 말문을 다시금 열었다.

"백 대협의 생각, 의지, 이해할 수 있소. 하나, 나는 맹주님께 매여 있는 몸. 만약 맹주님께서 이 일을 묵과하실 수 없다 한다면 백 대협이 원한 일은 제대로 이루어지지 않을 것이오."

사자은이와 소식을 주고받으며 움직일 수 있는 내부 인사가 사라진다는 이야기였다.

윤후에게는 분명 큰 걸림돌이 될 일이었던 것이다.

지금 당장, 사마련으로 잠입해서 그들이 정말 이번 일의 배후인지 알아내야 하는 윤후로서는 당장 시급한 적우와 좌군사의 움직임을 알아낼 길이 없어지는 셈이다.

하지만 이대로 그들을 방치할 수만은 없었기에 윤후는 아선에게 당부하듯 재차 입을 열었다.

"부디, 좌군사와 적우 그리고 그들과 닿은 모든 끈

들을 조심하시오. 맹주님의 안위가…… 자리가 흔들리지 않도록."

윤후 또한 알고 있었다.

만약 백리장천이라는 거목이 군무맹에서 쓰러지면, 세상이 뒤집히게 된다.

음지 곳곳에 그림자처럼 숨어 있는 적들은 백리장천이 쓰러지는 순간, 들불처럼 일어날 게 뻔했다. 윤후의 말에 아선은 고개를 저었다.

"맹주님은 단단하신 분이시오. 천하를 포용할 만큼 그 그릇이 구주에 이르도록 영명하신 분일 뿐 아니라, 지니고 계신 신위는 이미 광명처럼 중원에 스며들었소. 구주의 누구라도 맹주님의 신력을 의심하지 않을 것이라오."

"거목도…… 그 뿌리를 흔들면 무너지기 마련이오."

"말이 심하시오."

아선은 백리장천의 목숨을 염려하는 윤후의 말이 가시처럼 들렸다.

그가 염려하는 바는 알았지만, 결코 있어서도 있을 수도 없는 일이었기 때문이다.

하지만 윤후는 숨어 있는 적들의 칼날을 결코 경시할 생각이 없었다.

이미 좌군사마저, 그들의 끈과 닿았다면 맹주의 목숨을 노리지 않을 거라 보장할 수도 없었기 때문이다.

조금은 얼굴이 붉어진 듯 보이는 아선의 눈빛에 윤후는 더 이상 입을 열지 않고 돌아섰다.

"만약 공녀께서 움직이실 수 없게 된다면…… 그대라도 좌군사의 움직임을, 음지의 그림자들을 경계해야 할 것이오. 예측하지 못하는 순간 반드시 지켜야 할 소중한 것을 잃어버릴 수도 있으니까."

그리 말하고 방 안을 향해 걸어 들어가려 하는 윤후의 발목을 이어지는 아선의 목소리가 붙잡았다.

"……모든 지원을 해 줄 수는 없겠지만, 적어도 사마련의 끈을 통해 들어갈 수 있는 기반은 마련해 줄 수 있을 것이오."

"그 끈에 대해 알고 있는 사람은 몇이나 되오."

윤후의 물음에 아선이 기다렸다는 듯 입을 열었다.

"……맹주님을 포함한 영군사와 원로원주요."

아선의 말에 윤후는 고개를 저었다.

"아무래도 그보다는 내가 홀로 움직이는 것이 나을

듯싶소."

윤후의 말에 아선은 고개를 가벼이 끄덕였다.

아선의 말에 따르면, 원로원주도 믿을 만한 사람은 되지 못했다.

선우 일가는 늘 과거의 권력을 되찾고 싶어 하고, 그러자면 맹주와 그 뿌리 내린 세력들을 제거해야 할 게 빤했다.

그런 욕심을 가진 자를 아직 찾아내지 못한 배후 세력이 가만히 놔둘 리 없었다.

더 큰 힘을 위해서라도, 만태상은 도움이 될 움직임을 보이지 않을 게 빤했다. 아선의 말을 듣고 난 후, 윤후는 홀로 움직이는 것으로 결단을 내렸다.

우선은 적이 누구인지 빠른 시일 내에 밝혀내야 했기 때문이다.

"곧 떠날 채비를 하고 길을 나설 생각이오."

"자세한 것은 묻지 않겠소."

"상황이 바뀌면……."

돌아오지 못할 수도 있다는 걸, 윤후나 아선 둘 모두 알고 있었다.

그렇기에 윤후는 뒷말을 굳이 내뱉지 않았다.

그저 각자의 일을 하면 된다고 생각하는 까닭이다.

아선은 완전히 방 안으로 사라져 가는 윤후를 잠시 바라보다, 이내 돌아섰다.

돌아서던 아선은 문득 군무맹에 불어오기 시작한 광풍(狂風)을 어쩌면 윤후가 해결할지도 모를 것 같다는 직감이 들고 있었다.

광풍의 시작은 윤후였으며, 그 모든 바람을 감내하면서 지금까지 버텨 온 벽이 윤후라는 생각이 든 탓이다.

2장

사마련으로

―광서성.

약육강식(弱肉强食)의 법도가 진리인 사마련의 중심 도시.

마지막 보루라고 칭할 만큼 광서 대부분의 무인들은 사마련의 지배 체제를 만족스러워한다.

하지만 오래된 물이 고이듯 오랫동안 사마련의 지배 체제 아래 놓여 있었던 광서성의 음지는 이미 고름이 터져 나오기 시작했다.

서역을 통해 들여온 양귀비가 산지 곳곳에서 재배되고 많은 무인들을 비롯한 군민들 또한 양귀비를 통해 만들어진 아편으로 인해 망가져 가고 있었다.

─돌고 돌아 제자리로 돌아온다.

　탁상 곁에 우두커니 앉아 있던 윤후의 귓가로 익숙한 전음이 들려왔다.

　옆으로 고개를 돌리자, 작은 사찰의 문을 열고 불상 앞으로 검은 천을 얼굴에 둘러쓴 사자은이 다가오고 있었다.

　자리에 앉은 채 그윽한 눈길로 먼지가 뒤덮인 불상을 응시하던 윤후가 나지막한 목소리로 입을 열었다.

　"누가 한 말이지?"

―그대의 형, 나의 지음.

사자은이의 말에 윤후는 무겁게 고개를 끄덕였다.

백오동은 늘 그러했다.

남들이 보는 위기 속에서도, 늘 강건하게 자신의 일을 묵묵히 해냈다.

위기를 견디면 다시 좋은 날이 돌아올 거라며 그리 종종 말해 왔었던 그였다.

사자은이는 윤후에게도 지금 그 말이 도움이 될 거라고 보았다.

어느새 사자은이에게도 윤후에 대한 신뢰가 내심 싹트고 있었기 때문이다.

"새 소식이 있어."

윤후가 사자은이를 향해 다시금 입을 열었다.

―그럴 것 같았다. 날 찾아올 첫 손님은 공녀가 될 거라고 생각했었으니.

사자은이는 윤후의 접선지 방문이 꽤나 의외라는 것을 알기에, 이미 그가 할 말이 있을 거라는 걸 직감했다.

사자은이의 말대로 윤후는 무겁게 고개를 끄덕였다.

"내부 조력자가 전무해질 수도 있어."

이어지는 윤후의 말에 사자은이는 아무런 응답도 없었다.

대신 눈을 빛내며 윤후를 바라봤다.

―하면?

"직접 들어가는 수밖에."

―직접 말인가?

"그래."

―어떻게 말이지?

사자은이는 윤후가 머릿속으로 생각하고 있는 방법을 쉬이 짐작할 수 없었다.

윤후 말대로 공녀가 제대로 내부 사정을 알려 주지 않는 이상 좌군사의 움직임을 알 수 있는 건 극히 제한적이 될 게 빤했기 때문이다.

그러자 윤후가 고개를 저었다.

"공녀 혼자 움직인다고는 안 했어. 공녀가 주축이 아니라, 매개가 되면 된다."

―매개?

"그래. 중간 돌다리 역할로 전환시키는 거지. 공녀를 주축으로 좌군사의 움직임을 확인하는 것보다, 사자은이 당신이 직접 이번 일에 투입되는 거야. 자, 이걸 받아."

윤후가 자신이 쓴 친필 서신을 사자은이에게 넘겼다.

이어서 윤후가 사자은이를 향해 재차 입을 뗐다.

"어떻게든 공녀에게 전하고, 그녀의 호위무사 신분으로 움직여. 호위무사가 너무 눈에 띈다면 다른 보직을 받든지. 적어도 그녀의 주변에서 군무맹을 볼 수 있다면 훨씬 더 많은 정보를 들여다볼 수 있을 테니."

―꽤나 염려하는군.

"그래. 최근 들어 군무맹 내부가 소란스러워지기 시작했어."

사자은이가 의아하다는 듯 윤후를 바라보면서 전음을 시전 했다.

―이미 소란은 시작되지 않았나? 그게 이상한 일은 아닐 텐데?

"단순한 일이 아니야. 원로원주 만태상, 그가 움직이기 시작했다는 정보를 입수했어."

군무맹 내부 돌아가는 일에 대해서는 사자은이보다

윤후가 더 깊숙한 정세까지 알 수 있는 건 사실이었
다.

최근 들어 군무맹 내부 인사들과 접촉한 건 윤후였
기 때문이다.

직접 만태상과 이야기까지 나누었으니, 사자은이로
서는 윤후가 계속 군무맹 내부에 남는 편이 나았다.

하지만 당장 이 모든 일의 배후를 캐내야 하는 일
도 남았으니 사자은이는 윤후를 배제한 채 따로 움직
일 수밖에 없었다.

―만태상이 움직인다는 건 그가 역심이라도 품고 있
다는 것인가?

사자은이의 추측에 윤후는 지체 않고 고개를 끄덕
였다.

"이미 맹주의 자리를 손에 잡으려 했던 사내니까.
흔들리고 있는 군무맹을 자신이 다시 반석 위에 제대
로 올려놓을 수 있을 거라고 생각할지도 모르지. 그
리고 만약 좌군사가 이 일에 관련이 있다면…….''

대답하는 윤후에게 사자은이가 조소를 하는 듯, 그
의 눈썹이 씰룩였다.

―지배하려 하는 자들은 스스로의 탐욕에 눈을 가리

는 듯하다. 참으로 우둔해지지. 사실 세상은 그저 시간
에 따라 강처럼 흘러갈 뿐, 잡을 수도 멈출 수도 없는
것인데.

사자은이의 말에 윤후는 동의했다.

그리고 그 흘러가는 시간이란 강물 속에서 그저 각
자 자신이 할 수 있는 것들을 하며 살아간다는 것 또
한 함께 이해했다.

과거 사부가 남겼던 말이 항상 피부로 와 닿았다는
걸 늘 느끼는 윤후였다.

이윽고 윤후가 쓰게 웃으면서 입을 열었다.

"어찌 됐건, 만태상이 움직이는 이상. 오정원도 두
고만 보지는 않을 듯 보여."

―어째서? 오히려 몸을 숨기고, 어느 쪽에 다리를
걸칠까 고민하지 않겠나.

"아니. 내 생각에 오정원은 이 간극을 잘 이용할
거야. 하지만 그가 어떻게 움직일지 알 수 있는 건,
그의 목적이야. 아직까지 그의 목적이 드러난 건 단
한 가지도 없어. 그저 그가 적우와 연관이 있고, 적
우가 우리가 쫓는 끈과 연루되어 있다면 그 또한 전
쟁을 원하고 있다는 것만 단편적으로 알 수 있지. 그

러니 공녀를 통해 교두보를 만들어. 공녀가 크게만 개입되지 않는다면 맹주의 측근들도 당신에게 동조할 거야. 약조한 때에 공녀가 이곳으로 오게 된다면 그리 움직이도록 해. 하지만 신중하게 움직여야 할 거야. 늘 누구도 믿을 수 없다는 걸 사자은이 당신이 더 잘 알 거라 믿어."

윤후의 말에 사자은이는 무겁게 고개를 끄덕였다.

동시에 사자은이가 윤후를 향해 눈을 빛내며 재차 전음을 시전 했다.

─군무맹과 함께 움직이나?

"말했다시피, 그쪽도 지금 내부 분열로 인해 골치 아파. 물론 오정원의 시선도 있을 거고."

─하면?

"이곳으로 온 건 지금까지 말해 준 사실들을…… 전해 주기 위함도 있었고, 부탁할 일이 하나 더 있어서야."

─들어 보지. 내가 해 줄 수 있는 일이라면.

"군무맹으로부터 받을 수 있는 지원은 전무하니, 내가 움직일 곳에 끈 하나만 있었으면 해. 그들의 중심으로 향할 수 있을 만한."

─시간이 없으니, 단기간에 그들의 눈에 들어야겠군.

"그렇겠지. 한 치의 의심도 주지 않게 빠르고 자연스럽게 그들의 심장 가까이로 다가갈 수 있을 끈이어야 될 거야. 있을까?"

윤후는 부탁을 하면서도 자신의 청을 그가 들어줄 수 있을 거라고는 쉬이 확신할 수 없었다.

─그들의 근간을 유지하는 것이 무엇인지 안다면 들어주지 못할 것도 없다.

헌데 사자은이로부터 뜻밖의 대답이 흘러나왔다.

"그곳에 끈이라도 닿아 있다는 말이야?"

─있다. 하나, 그들이 알아서는 안 된다. 군무맹의 소속되어 있는 사람이란걸. 네가.

"그들 중의 하나가 되어야 된단 소리군."

─완전히 깊어야 한다. 너라는 사람을 버리고, 지금까지와는 다른 삶을 잠시간 살아야 할 것이다. 그들은 진정 밑바닥을 걷는 자들이니까.

"그들과는 어떻게 알게 된 거지?"

─나의 근간도 그들과 다르지 않으니까.

그 말과 시작된 사자은이의 이야기는 꽤나 길었다.

사자은이는 오래전, 사마련의 중심지에서 잠시 머물렀고 그곳에서 몇몇 이들과 인연을 맺게 되었다고 했다.

＊　　　　＊　　　　＊

　이후 모든 이야기가 끝나고 자리에서 일어난 윤후는 함께 마주 보고 있던 사자은이를 한참동안 바라보다가 이내 몸을 돌렸다.

　돌아서는 윤후를 향해 사자은이의 전음이 울려 퍼졌다.

　*─곧 보지.*

　"볼 수 있다면."

　윤후가 쓰게 웃으며 서서히 그에게서 멀어져 갔다.

　과거 광서성의 성도라 불렸던 계림은 양귀비의 천국이 되었다.

　가을에 만발하는 계수나무 숲 사이 곳곳에 양귀비를 재배하는 밭이 있었고, 그곳을 운영하는 이들은 대부분이 사마련의 비호를 받은 무인들이었다.

사마련은 매해마다 양귀비를 통해 벌어들인 자금을 기반으로 객잔 혹은 주루 등의 사업에 투자했다.

덕분에 사마련의 세력이 팽창될수록 도심 곳곳에는 병든 자와 병든 자들을 갉아먹는 사이한 자들로 가득해졌다.

하지만 겉으로 보이는 도심은 일견 평화로워 보였다.

독버섯이 겉으로 화려하나, 속에 독을 품고 있듯, 계림의 도심은 군무맹의 중심지 정주와 비교했을 때 큰 차이를 느끼지 못할 만큼 아름다웠던 것이다.

툭.

북문을 지나 성곽 아래로 진입한 중년인은 날카로운 눈빛으로 한눈에 펼쳐진 저자를 응시했다.

저 멀리 구름 끝에 닿은 거대한 탑이 보였다.

사마련의 왕좌 자리에 올라선 자만이 머물 수 있는 통마탑(通魔塔)이었다.

도심 정중앙에 위치한 통마탑과 그 주위의 거대 전각들로 이루어진 사마련의 소성은 어느 방위에서든 전부 볼 수가 있었다.

그들의 전각들을 보고 있으면, 새삼 광서성 안에서

그들의 영향력을 느낄 수 있을 정도였다.

곧이어 걸음을 다시 떼기 시작한 중년인은 저자 골목을 따라 점점 빠르게 걸어가기 시작했다.

그러다 문득 걸음을 멈춰 선 중년인은 대낮임에도 노점 사이에 위치해서 유독 어두운 골목 안으로 들어섰다.

골목으로 들어선 그는 이내, 골목 끝에 위치한 두꺼운 철문 앞에 섰다.

철문에 있는 쇠고랑을 그가 손으로 들어 툭툭 치자, 직사각형 모양의 홈이 드러나며 안쪽에서 누군가가 중년 사내를 응시했다.

"장강의 물결."

"까마귀 오동 숲의 빈자리가 주인을 기다린다."

중년인의 대답에 홈을 통해 보이던 눈동자가 날카롭게 빛났다.

동시에 철문이 안쪽으로 천천히 열리기 시작하자, 중년인의 발자국이 두어 걸음 움직였다.

중년인이 발을 뒤로 내딛은 순간, 문 안쪽에서 세 자루의 칼날이 튀어나왔다.

검파에 붉은 수실이 달린 곡도(曲刀) 세 자루가 날

아들었다.

날아든 곡도들은 살기가 묻어 있었고, 중년인도 지
체 않고 몸을 뒤로 젖혔다.

고개를 가벼이 뒤로 젖힌 중년인의 턱 위로 곡도
한 자루가 스쳐 지나가고 두 자루의 곡도가 중년인의
양 허벅지를 노렸다.

그러자 중년인의 쌍장이 앞으로 뻗어졌고, 쌍장에
깃든 경력이 부드럽게 두 자루 곡도 끝을 밀어냈다.

펑―!

부드러운 동작이었지만 중년인의 경력에 닿은 곡도
들은 거칠게 허공으로 날아갔다.

"끄악!"

밀실 안에서 뛰쳐나온 두 명의 장한들이 비명과 함
께 잡고 있던 곡도를 놓치고 찢어진 손바닥을 다른
손으로 붙잡았다.

중년인은 그때를 놓치지 않고 턱 위로 스쳐 지나간
곡도의 도신을 왼팔의 팔꿈치로 날을 세워 밀쳐 냈다.

퉁―!

거친 돌과 부딪친 소리가 사방에 울려 퍼지며 팔꿈
치와 닿은 곡도마저도 허공으로 날아올랐다.

순식간에 병장기를 잃어버린 세 명의 장한들의 눈에 독기가 서렸다.

그사이, 중년인은 바닥에 힘없이 떨어진 곡도 아래로 발등을 넣어 다시 허공으로 곡도를 들어 올렸다.

날아오른 곡도가 중년인의 손에 잡히고, 다시 움직이려 했던 가운데 장한의 목덜미에 곡도 끝이 닿았다.

목덜미에 닿은 곡도에 진땀을 흘리고 있던 장한이 노기 섞인 목소리로 중년인에게 처음으로 입을 열었다.

"넌…… 누구냐."

"흑사방의 부방주를 만나고 싶다."

"그분은…… 네놈이 만날 분이 아니시다."

"오동 숲의 빈자리가 주인을 기다린다고 전해. 그럼 생각이 바뀔 테니."

애초부터 중년인은 이곳 원통(圓筒) 일대의 음지를 사마련의 하부 조직으로서 맡고 있는 흑사방의 부방주를 만날 셈이었던 것이다.

하지만 흑사방의 수하들은 중년인의 말을 곧이곧대로 믿지 않았다.

분명 중년인의 무위가 뛰어나다는 건 체감하고도 남았지만, 순순히 중년인의 말에 따라 그의 말을 부방주에게 전하는 건 그들 자존심이 용납지 않는 일이었던 까닭이다.

그들의 독기 서린 눈빛이 쉬이 변하지 않고, 딱히 다른 움직임을 보이지 않자 중년인도 알았다는 양 피식 웃음을 머금고는 품속에서 작은 패 하나를 그중 가운데 있던 붉은 머리띠의 장한에게 던졌다.

오동지약(烏銅之約).

오동지약이라고 새겨진 구리 패는 세월이 오래 지나 녹이 슨 듯 보였지만 여전히 그 글씨는 선명하게 나타나져 있었다.

그와 함께 땅에 떨어진 오동지약을 집어 든 장한의 눈빛이 살기에서 의아함으로 바뀌어 갔다.

중년인은 자신을 의아하게 올려다보는 장한을 향해 재차 입을 뗐다.

"오동지약이라 새겨진 그 패를 너희들의 부방주에게 보여 준다면, 이젠 이야기가 달라질 것이야."

단호하리만치 확신하는 중년인을 바라보며 장내에 함께 모여 있던 장한들도 더 이상 중년인을 의심만

할 수는 없게 됐다.

중년인은 자신을 응시하는 장한들을 향해 더 이상 할 말이 없다는 듯 몸을 돌리면서 말을 덧붙였다.

"그 패를 가져다주면, 더 이상 이런 불필요한 소모 전은 필요 없게 될 거다. 나는 북문 근방의 오성객잔 에 있을 테니, 할 말이 생기면 찾아오라 전해라."

중년인은 그 말을 끝으로 천천히 골목 밖으로 사라 져 갔다.

이윽고 중년인이 사라지자, 세 명의 장한들은 서로 를 쳐다보다 가운데 장한이 손에 쥐고 있던 오동지약 의 패를 뚫어지게 응시했다.


*             *             *


끼익.

객잔과 함께 운영되는 여곽 방에 들고 있던 봇짐을 내려놓은 중년인은 천천히 열려 있던 창을 닫고는 주 위를 면밀히 살폈다.

그제야 쓰고 있던 방갓과 허리춤에 흰 천으로 둘둘 싸인 두 자루 검을 침상 위에 차례차례 올려놓은 중년인은 봇짐 안에서 작은 동경을 꺼내 들어 자신의 얼굴을 바라봤다.

가늘게 찢어진 눈매와 왼쪽 눈을 가로지르는 검상과 함께 눈 밑에 자리 잡은 검은 반점, 더불어 작은 입술과 오똑 솟은 콧날은 인상 자체를 황량한 모래사막처럼 삭막하게 만들고 있었다.

중년인은 손끝으로 자신의 눈가를 부드럽게 쓸어내리면서 입 꼬리를 말아 올렸다.

"기가 막히게 만들었군."

윤후는 출발하기 직전, 사자은이를 통해 알게 된 면구 장인에게 시술을 받았다.

보통 인피면구는 열기에 말린 인피를 나무에서 나온 송진과 합성시켜 만든 굳은 수액을 바르는 것이지만 사자은이를 통해 만나게 된 면구 장인은 직접 살과 인피를 떨어지지 않게 맞닿는 기술을 지니고 있었다.

살점과 인피를 새끼 누에가 뱉은 천잠사로 잇고 그 가장자리에 수액을 발라 진짜 떨어지지 않는 얇은 피부로 만들어 버린 것이다.

덕분에 윤후는 전혀 다른 사람이 되었고, 지니고

있는 신분까지 완전히 탈바꿈시켰다.

만약 이번 일을 통해 목숨을 잃는다 해도, 누구도 그를 찾을 수 없게 될 만큼 윤후는 이번 일에 사활을 걸었다.

스릉.

윤후가 동경을 보며 인피면구를 매만지고 있을 무렵, 그의 예민한 감각에 기척 소리가 들려왔다.

아무 일 없다는 얼굴로 느리게 위에 올려 둔 두 자루 검을 양손에 꽉 차게 잡은 윤후는 날카로운 눈빛으로 방문을 노려봤다.

끼익.

아주 미세하지만 작게 울려 퍼지는 바닥 장판 소리에 윤후의 왼발이 천천히 굽혀지며 뒤로 빠졌다.

언제든지 몸을 날릴 자세를 취한 윤후와 함께 기다리던 방문이 빠르게 열렸다.

윤후는 우선 움직이지 않았다.

대신 방을 열고 들어선 대머리 장한을 말없이 응시했다.

검은 수염이 얼굴의 반을 뒤덮은 대머리 장한은 쫙 찢어진 눈매로 주위를 둘러보며 입을 열었다.

"형제의 증표를 가져왔다고?"

윤후는 금세 대머리 장한이 사마련의 하수인이자 사자은이와 연이 닿아 있던 사내라는 걸 금세 직감했다.

흑사방의 부방주.

사마련의 중심으로 들어설 수 있는 유일한 끈.

지금 이 순간 그를 붙잡아야 사마련 내부로 향하는 길로 들어설 수 있었다.

하나 그런 내심과는 달리 윤후는 담담한 얼굴로 들고 있던 두 자루 검을 늘어뜨렸다.

"당신이 흑사방의 부방주가 맞소?"

"그렇다. 내가 고한이다."

철심탈비(鐵心脫匕), 흑사방 부방주 고한.

그는 밑바닥에서부터 목숨을 걸고 흑사방의 부방주 자리를 차지해 악명 높은 사내였다.

하지만 그를 따르는 자들은 그를 진심으로 존경할 만큼 자신의 식구라고 생각한 자들에 한해서는 모든 지원을 아끼지 않았다.

악명과 존경을 동시에 받는 사내가 바로 고한이었다.

윤후는 자신을 뚫어지게 노려보고 있는 고한을 향해 두말 않고 입을 뗐다.

"술 한잔합시다."

어느새 윤후는 자신의 병기를 허리춤에 다시 걸어매고는 문 밖을 향해 걸어가기 시작했다.

"미친놈."

고한은 사마련의 비호까지 받는 자신에게 두말 않고 술을 권하는 윤후가 꽤나 감명 깊었다.

사마련 내부에서도 그를 정예 대대의 조장을 권할 만큼, 그는 이미 밑바닥 사이에서는 초일류 고수라 해도 과언이 아니었기 때문이다.

보고로 올라온 것에 따르면 예사 놈이 아니라는 생각을 하고 왔지만, 강호에 제대로 알려지지 않은 자들 중에 아무렇지도 않은 얼굴로 머리를 빳빳이 드는 자는 꽤나 오랜만이었다.

고한은 먼저 앞서 걸어가는 윤후를 바라보다 품속에 감추고 있던 비도를 손에 쥐었다.

그 순간 걸어가던 윤후가 나지막한 목소리로 말을 덧붙였다.

"미리…… 힘 빼지 맙시다. 지금 당장이 아니더라

도 칼을 쓸 기회는 언제든 있으니까."

"그래. 네놈이 진짜배기인지 아닌지 확인할 시간은
아직 많으니."

다시 비도에서 손을 뗀 고한은 벌써 시야에서 사라
져 일층 아래로 내려가는 윤후를 따라 뭐가 즐거운지
웃음을 머금은 채로 뒤로 따라붙었다.

객잔 바로 옆에 위치한 주점에는 초저녁임에도 인
파가 들끓었다.

윤후는 창가에 붙은 자리에 자연스럽게 자리했고
고한은 윤후의 행동을 면밀히 살피며 뒤따라 맞은편
에 자리했다.

고한이 들어서자 그를 알아본 점주가 재빨리 그의
앞으로 다가와 입을 열었다.

"아이고 부방주님께서 이런 누추한 곳에 앉으시면
어찌합니까. 저희가 따로 이층에 방을 마련해 드리겠
습니다요."

배불뚝이 점주가 두 손을 싹싹 비비며 하는 말에
고한은 신경 쓰지 말라는 듯 손을 휘휘 저었다.

"가 있게, 나는 괜찮으니."

고한의 말에 점주는 한참동안 자리를 마련하겠다며

굽신거렸지만 고한의 재차 이어진 말에 이내, 술을 알아서 내오겠다며 사라졌다.

점주가 사라지고 난 뒤 고한은 윤후를 다시 눈을 가늘게 뜨며 응시했고 윤후도 담담한 시선으로 그와 마주 바라봤다.

그런 침묵 끝에 먼저 입을 연 것은 고한이었다.

"그 녀석을 어떻게 알게 됐지?"

사자은이를 말함이었다.

윤후는 고한의 물음에 건네는 오동지약의 패를 바라보며 나지막한 목소리로 대답했다.

"……정보통."

의외로 간단한 대답에 고한의 입가에 미소가 지어졌다.

"짧지만 확실한 대답으로 들리는구나."

"……나는 더 많은 돈이 필요하고, 내가 할 수 있는 일이 필요해. 그래서 그에게 물었지. 어디로 가야 하는지."

"재미있군. 한데 이해가 하나 되지 않는 것이 있다."

"무엇이지?"

"놈은 누구도 믿지 않아. 음지 혹은 양지에서 돌아가는 웬만한 정보통보다 더 많은 정보를 입수하고 있으면서도, 유명하지 않거든. 그건 녀석의 장점이지. 알 만한 자들만 안다는 것. 아니, 놈이 정보를 줄 만하다고 하는 자들만 선별해서 준다는 게 더 맞겠군. 너는 무엇 때문에 놈이 너를 인정한 것이지?"

고한은 그 말과 함께 품속에서 꺼낸 비도를 탁상 위에 올려 두었다.

어느새 요리와 단지 채로 나온 죽엽청이 탁상 위에 오르자, 요리를 직접 내온 점주의 눈이 휘둥그레졌다.

고한이 당장 칼부림이라도 할 듯한 눈빛을 보였던 탓이다.

안절부절 못하는 점주를 힐끗 쳐다본 윤후가 감정 변화 없는 눈빛으로 무겁게 입을 열었다.

"주인장이 염려할 일은 일어나지 않을 테니, 걱정하지 마시오."

"아, 예…… 그것이……."

"대답을 아직 못 들은 것 같은데."

고한이 손끝을 비도에 가져다 대며, 흉흉한 눈빛으

로 윤후를 위협했다. 윤후는 점주에게 그만 가 보라며 안심시킨 뒤에 고한을 향해 재차 입을 열었다.

"그에게는 아내를 빚졌지. 아내의 목숨은 끝끝내 구할 수 없었지만, 그가 건네준 정보로 말미암아 나는 아내에게 최선을 다할 수 있었어. 약을 구할 수 있었으니까. 그리고 이제 나는 그 빚을 갚아야 해. 그가 구하고 싶어 하는 약재가 만만찮으니."

"약재?"

반문하는 고한에게 윤후가 고개를 끄덕였다.

"사자은이가 구하고 싶은 자가 있는 것 같더군. 알 수는 없었으나 적어도 한 가지, 그에게 지금 돈이 필요하다는 것과 내가 그 돈을 벌어서 가져다줄 수 있는 역량이 있다는 것."

"그 정도라면 어째서 나에게 직접 도움을 청하지 않는 것이냐."

"그는 당신이 가지고 있는 것보다 더 많은 돈이나 혹은 약재가 필요해. 이를 테면 사마련의 비고(秘庫)에 있는 값비싼 환약들을 얻을 수 있다면 더 없이 좋겠지. 아니면 사자은이가 원하는 약재를 찾을 수 있을지도 모르고. 난 그래서 당신을 통해 그곳으로 올라간다. 사마련은 진정한 약육강식의 세계라고 들었으니 말이야."

윤후의 깊어진 눈동자는 마치 진심을 말하는 듯하였다.

조금의 거짓도 섞인 눈동자가 아니었다.

그도 그럴 것이 윤후는 이 거짓 속에 절반의 진실을 담은 탓이다.

아내를 형으로 생각하면서.

무엇보다 윤후는 이곳으로 오기 전에 이미 사자은이로부터 고한에 관한 이야기를 듣고 왔고, 그가 오동지약에 관련된 사건으로 인해 아내를 잃었다는 사실 또한 알고 있었다.

덕택에 윤후는 고한의 감정적 약점을 정확히 꿰뚫을 수 있었고 고한의 눈빛은 처음보다 훨씬 온화해져 있었다.

"나는 쉬이 사람을 믿지 않는다. 네가 내 밑으로 들어와 일을 하겠다면 굳이 말리지 않겠다만, 너는 내가 가라면 가고 돌아오라면 돌아와야 한다. 그러니 한 가지 시험을 주지."

고한은 그 말을 끝으로 한 손으로 죽엽청이 들어

있는 단지를 들어 벌컥벌컥 마시고는 방금 전 이곳에 왔었던 점주를 가리켰다.

"죽여라. 이유 따윈 없다. 내 밑에서 일을 하고 싶다면 이유 상관없이 어떤 놈이든 죽일 줄 알아야 하거든."

윤후는 고한의 말에 지체 않고 자리에서 일어났다.

동시에 윤후는 성큼성큼 점주를 향해 걸어갔다.

윤후가 딱딱하게 굳은 얼굴로 점주를 향해 걸어가자, 고한의 눈동자가 빛났다.

그러나 담담한 듯 행동했던 윤후도 지금 이 순간 수많은 생각으로 가득해졌다.

아무 죄도 없는 평범한 점주.

그를 자신의 목적 때문에 죽여야 하는 기로에 서 있게 된 탓이다.

하나 지금 점주를 죽이지 않는다면 고한의 신뢰를 받을 수 없게 된다.

그사이 윤후의 걸음은 어느새 점주 앞에 멈춰 세워졌다.

신장이 큰 윤후가 가까워지자 점주의 눈이 휘둥그

레졌다.

"무슨…… 일이신지."

영문 모를 표정을 짓는 점주의 얼굴을 향해 윤후의 손이 점차 다가왔다.

그리고 마침내 그 손이 점주의 얼굴을 뒤덮기 직전 윤후의 움직임이 돌이 된 듯 멈춰졌다.

점주가 너무 놀라 엉덩이를 찧으며 주저앉자 윤후는 쓰러진 그를 내려다보며 무겁게 입을 열었다.

"아무것도 아니외다."

고개를 젓고 돌아서는 윤후와 함께 그의 목덜미로 날카로운 칼날이 다가섰다.

눈 깜짝할 새 목젖에 닿은 비도는 고한의 것이었다.

어느새 윤후의 눈앞으로 다가선 고한이 눈을 부라리며 입을 열었다.

"죽이라 했다."

"하려 했으나, 그리할 수 없을 것 같소."

"……나는 늘 목숨의 위협을 받지. 내 자리를 노리는 놈들이 세상천지에 가득하거든. 그래서 나는 내 말만 잘 듣는 놈들이면 꽤 잘해 줘. 대신, 말을 안 들으면."

고한의 눈이 더욱 살벌해지며 그의 말이 이어졌다.

"가차 없이 베어 버리지."

윤후의 목젖에 닿은 비도가 더욱 강하게 그의 목을
눌렀다.

윤후는 칼날이 점점 목젖을 베어 가고 있는 와중에
도, 크게 달라지지 않은 얼굴로 대답했다.

"그래서?"

반문하는 윤후에게 고한이 재차 그에게 물었다.

"대답해 봐. 왜 내 말을 듣지 않은 것이지?"

"죽일 이유가 없으니까."

"알량한 협의 운운하는 놈이었나? 놈의 빚을 갚기
위해 내 밑으로 들어왔다고 들은 것 같은데."

"적어도 그간 빌린 정보에 대한 삯이라도 갚는 것
이 최소한의 도리라 생각하여, 큰돈을 구할 수 있는
곳을 물었고 그는 나에게 당신을 소개해 줬지. 내가
모르는 오동지약이라는 패와 함께. 하나, 난 돈을 벌
기 위해 왔지, 죄도 없는 작자나 베고자 이곳으로 온
게 아니야. 칼을 겨눌 거면 차라리 내 목을 겨눠. 이
곳에서 당신에게 목숨을 잃는다면 그것도 어쩌면 그

의 호의에 대한 보답이라고도 할 수 있겠지. 나는 그에게 보답하기 위해 최선을 다한 셈이니까."

윤후는 흔들리지 않는 눈동자를 들어 고한을 마주 바라봤다.

이어서 침묵하는 고한과 함께 윤후의 목소리가 크게 울려 퍼졌다.

"뭘 망설이나. 차라리 나를 베고 깔끔하게 끝내자."

눈을 부릅뜬 고한에게 윤후가 한 걸음 앞으로 걸음을 떼려 했다.

비도에 직접 목을 가져다 대 스스로 자결할 요량이었던 것이다.

그 순간, 윤후의 목젖에 닿았던 비도가 눈 깜짝할 새 고한의 손아귀 안으로 들어갔다.

"목숨을 바쳐서 빚을 갚는다. 이유가 없는 자는 베지 않는다. 그렇다고 협의 운운하는 협객 놈은 아닌 것 같단 말이지."

고한은 윤후의 주위를 돌며 움직이더니, 이내 호탕하게 웃음을 터트렸다.

"받아들이지. 단, 네 목숨을 지금 내가 건져 주었

으니 너는 앞으로 내 수족이 되어야 할 거다."

"돈만 준다면."

"받아 주면 간이고 쓸개고 빼내 줄 것 같이 말하는 놈들보다는 설득력 있어 보이는구나."

고한은 그 말을 끝으로 바닥에 쓰러져 있는 점주를 향해 외쳤다.

"뭐하고 있나. 당장 술을 더 내오지 않고!"

이후 윤후가 다시 눈을 뜬 것은 햇빛이 드는 침상이었다.

윤후의 침상 맡에는 두 자루 월양쌍륜검이 기대어 포개져 있었고, 목은 먼지가 꽉 막힌 듯 답답했다.

윤후는 이내 눈을 감고 운기를 시작했고 활기찬 기운이 윤후의 기맥을 타고 흐르자, 노폐물이 그의 땀으로 빠져나가기 시작했다.

운기를 하면서 떠오르기 시작한 어젯밤의 기억은 오로지 술밖에 없었다.

윤후는 고한과 더욱 친밀해지기 위해 일부러 운기를 하지 않고 술을 들이켰다.

그 덕에 혼절 직전까지 술을 마신 후 기루에서 잠

이 든 것이다.

탁―!

이윽고 윤후가 운기를 끝내자마자 기다렸다는 양 미닫이문이 양옆으로 열리며, 미소 짓고 있는 고한이 그의 눈에 들어왔다.

"일어나라! 갈 때가 있으니. 그만큼 처먹었으면 일을 해야지!"

그렇게 고한이 윤후를 이끌고 간 곳은 저자였다. 고한은 윤후가 꽤나 마음에 든 듯, 직접 그를 데리고 다니며 하나씩 자신의 구역에 관한 이야기를 풀어냈다.

"……이 거리는 썩어 가고 있다."

이야기를 하던 중 고한의 얼굴에 음영이 드리워졌다.

어두워진 그의 얼굴에 윤후가 담담한 시선으로 그를 바라보자, 고한이 계속해서 입을 열어갔다.

"사마련이라 하여 오로지 악한 것만은 아니지. 그저 각자 추구하는 이상이 다른 것뿐이거든. 하나 지금의 사마련과 그들의 수족들 중 하나인 우리 본방은 많은 것이 변했다. 너도 차차 알게 되겠지만 나는 말했던 대로 꽤나 적이 많다. 그건 본방 내부에서도 크게 다르지 않지."

"왜 그렇소?"

윤후의 물음에 고한은 지체 않고 입을 열었다.

"그건 내가 아편굴을 증오하기 때문이다. 사마련의 윗분들의 손아귀 아래 움직이는 본방과 그 외의 세력들은 대부분 이곳에서 아편굴로 돈을 벌어들이거든. 동시에 염왕채도 득을 보지. 이곳에 머무르는 자들은 아편굴에 들어앉기 위해 삶을 던지거든. 그 자금으로 사마련과 그 밑의 세력들은 배부르지. 평화로운 세월이다. 차라리 군무맹과 전쟁을 했었던 과거가 차라리 낫다고 생각될 만큼."

아편굴에 관해 이야기할 때 고한의 표정은 심상치 않았다.

윤후는 그의 표정이 왜 그렇게 어두운지, 그리고 수많은 과거의 편린을 담고 있는지 그 이유를 이미 알고 있었다.

이미 사자은이로부터 오동지약에 관련된 이야기를 들었던 탓이다.

고한도 아무런 표정도 없이 묵묵히 자신의 이야기

를 듣고 있던 윤후를 힐끗 보더니, 예상했다는 양 입을 열었다.

"녀석으로부터 오동지약을 못 들은 얼굴이군."

윤후는 알고 있었지만 귀찮은 질문을 피하기 위해 고개를 끄덕였다.

그러자 고한이 말을 덧붙였다.

"내 사랑하는 여인이 죽었다."

고한의 말 대로였다.

그는 자신의 부인과 목숨까지 과거 그를 노렸던 반대 세력에게 위협 당했었고, 그 와중에 그의 목숨을 구하며 다시 상황을 반전시켜 준 것이 사자은이였던 것이다.

사자은이의 말을 빌리자면 당시 그는 사마련 영역에 있는 자들 중 쓸 만한 자들을 물색 중이었다고 한다.

정보에는 그만한 정보통들이 필요하고 그 정보통이야말로 가장 큰 힘이 될 거라 생각한 것이다.

그래서 사자은이는 쫓기고 있던 고한 대신 고한이 방주의 목숨을 노렸다는 누명을 벗겨 주었다.

당시의 정황을 입증할 만한 증인들을 방주에게 보

내고 방주에게 공격을 가했던 자들을 추적해 그들이 암습 시각에 어디에도 없었다는 사실을 밝혀낸 것이다.

물론 그 와중에 그의 부인이 죽임을 당했으나 적어도 고한의 목숨은 구할 수 있었다.

결국 고한에게는 사자은이가 자신을 다시 본래의 자리에 설 수 있게 해 준 은인인 셈이다.

그런 탓에 고한은 사자은이가 떠나던 날, 부인의 장례를 치르고 난 다음 오동나무 아래에서 한 가지 약속을 건넸다.

언젠가 빚을 갚겠노라고.

그 증표로 오동지약이라는 패를 만들어 주었고, 지금에 와서야 윤후가 그 패를 가지고 그에게 접근할 수 있게 된 것이다.

이윽고 고한이 계속 말을 덧붙였다.

"그래. 본방에서 나와 나를 돕는 자들이 유일하게 아편굴의 팽창을 막고 있는 이들이었거든. 나만 없어지면 모래성처럼 무너질 거라 생각했겠지. 하지만 놈들은 실패했고, 내 손으로 나를 노렸던 놈들의 심장을 씹어 먹었다."

윤후는 고한의 말이 끝나자, 잠시 흐르는 정적을 깨고 그에게 뒤이어 물었다.

"하면…… 아편굴을 그렇게까지 반대하는 연유는 무엇이오."

"거리가 썩어 가니까. 나는 강호에 살고 있는 것이지, 이 썩어 빠진 웅덩이에서 머물고자 칼을 찬 것이 아니다. 알량한 협의 같은 것 때문에 그러는 것이 아냐. 강호는 강호인의 몫이다. 강호인이 평범한 군민들의 고혈을 빨아먹기 위해 아편굴을 늘리는 것은…… 지랄 같은 짓이지. 차라리 서로를 베고 땅따먹기 하는 편이 강호인에 가까운 일인 것이지."

고한이 뼛속 깊이 무인이라는 것은 그의 말로도 충분히 알 수 있는 일이었다.

그는 한동안 이야기하던 것을 멈추고 이내, 자신의 이야기를 듣고 있던 윤후에게 재차 입을 열었다.

"살다 살다 별 소리를 다 늘어놓는군. 네놈의 무엇을 믿고 내가 이리 마음을 터놓는 것인지. 어쩌면…… 네놈과는 서로를 베지 않고서는 살 수 없게 되거나, 혹은 평생을 갈지도 모른다는 생각이 불현듯 드는 건 왜일지 모르겠다."

고한은 윤후의 사정이 자신과 무척이나 닮았다는 것이 꽤나 마음에 든 듯했다.

윤후는 그의 진심 섞인 말에 새삼 그가 자신이 하려는 일과 굳이 부딪치지 않았으면 하는 생각이 들었다.

그리 된다면…… 그의 목을 베어야 할 상황이 올 수도 있기 때문이었다.

굳이 관계없는 그의 목까지 베고 싶지는 않았다.

잠시 홀로 상념에 빠졌던 윤후는 문득 멈춰 서서 고한을 향해 직접적으로 물었다.

"지금 말로 따지자면 당신이 말하는 윗분 사마련 측에서도 당신이 가시 같은 존재지 않겠소?"

"가시지. 하나, 그들도 시끄러운 것은 원치 않는다. 새 세력을 세워서 알아서 이익을 만들게 하기 위해선 제법 시간이 들거든. 내 뒤로 따르는 놈들이 꽤나 많아서 말이야. 방주도 나를 쉬이 건들지는 못하지."

고한은 꽤나 자신 있다는 투로 말했다.

하지만 윤후가 보기에 그의 눈빛은 자신 있는 말투와는 전혀 달랐다.

처음 만남 때부터 잔뜩 독이 오른 독사처럼 사람을 경계하는 그는 분명 어떤 위험에 빠져 있는 것처럼 보였기 때문이다.

윤후는 그와 좀 더 가까워지기 위한 일환으로 나지막한 목소리로 입을 열었다.

"나에게는 욕심이 있소."

"무슨 욕심?"

"어서 사자은이에게 빚을 갚고 싶은 욕심."

윤후는 더 높은 곳으로 올라가겠다는 야망을 일부러 드러냈다.

윤후의 야망에 고한이 별안간 호탕한 웃음을 터트렸다.

"사마련이 지금이야 휴전 때문에 주춤거리니 그렇지. 도산검림(刀山劍林)의 집합소야. 쉬이 그 위로 올라가긴 쉽지 않을 텐데?"

고한은 윤후의 실력이 범상치 않다고는 느꼈으나 적어도 절정의 경지를 뛰어넘었을 거라는 생각은 하지 않았다.

그도 그럴 것이 실력이 있었다면 진작 자신을 두드리지 않고 사마련으로 올라섰을 것이다.

사실 고한은 윤후의 생각이 헛된 망상일 거라는 확신이 더 강했다.

하지만 반대로 내심 지켜보고 싶은 생각은 있었다.

사마련의 최상층으로 올라가겠다는 그 꿈.

어쩌면 윤후가 그 꿈을 이룰 수도 있을 거라는 막연한 기대감이 있었던 것이다.

"기대 한번 해 보지."

윤후의 이야기를 들은 고한의 눈빛이 묘한 기대감으로 일렁였다.

＊　　　　＊　　　　＊

이후 윤후는 고한의 곁에서 그의 일을 도왔다.

사실 일이라고 해 봐야 영역을 확인하고 그들의 영역을 정리하는 일뿐이었다.

고한은 그러면서 늘 윤후에게 이야기했다.

돈이 아무리 궁해도 아편굴 사업에는 눈을 돌리지 말라고. 그럼 언제든 자신의 곁에서 내치겠다는 말을 보태면서.

윤후는 그의 말대로 행동했다.

지금은 그와 사마련 사이에 연결된 끈을 타고 사마련 내부로 진입하는 것이 가장 중요했기 때문이다.

애초 생각했던 대로 지금까지 모든 일을 밝혀내려면 사마련 내부로 들어가는 것은 필수였다.

사실 모든 일에는 사마련이 개입되어 있었다.

윤후는 그 일이 사마련 전체의 움직임인지, 아님 누군가의 개인적인 움직인 것인지 알고 싶었다.

그러면서 새삼 드는 생각은 이 일에 얽힌 사람이 생각 이상으로 너무 많다는 점이었다.

군무맹만 하더라도 좌군사, 적우…… 그 이상의 사람들이 이 일에 포함되어 있을 것이고 이만한 일을 벌이려면 사마련 내부에서도 꽤나 큰 자리에 있는 자들의 소행일 게 분명했다.

그러려면 어떻게든 사마련의 수뇌들 안으로 들어서야 했다.

고한의 곁에서 오랫동안 시간을 끌 생각은 없었다.

"나, 무량이오."

고한의 집무실 앞에 윤후는 우두커니 서 있었다.

"들어와."

윤후는 고향과 이름을 고한에게 모두 속였다.

고한은 윤후를 철썩 같이 믿고 있었고 윤후는 이쯤이면 고한의 신뢰가 어느 정도 쌓였다는 생각이 들었다.

그렇기에 이 간밤에 찾아온 것이다.

이제 일을 슬슬 시작할 때라는 확신이 든 것이다.

윤후가 안으로 들어서자, 고한은 창 앞에 우두커니 서 있었다.

열린 창밖으로 어둠이 깔린 거리를 바라보던 고한이 딱딱하게 굳은 표정으로 윤후를 쳐다봤다.

"무슨 일로 왔어? 받고 있는 삯이 적기라도 하나?"

"그런 것이 아니오."

윤후가 고개를 저었다.

"그럼?"

"……사마련 수뇌와 만날 수 있는 방법, 그 위로 올라갈 수 있는 걸 찾고 싶소."

"아서라. 물론 네 실력이라면 사마련의 자리 하나 받는 것도 충분하겠지. 하지만 비고를 마음대로 드나들며 원하는 걸 가져갈 수 있는 정도의 자격은 얻을 수 없을 거야. 평생 지랄을 해 봐라. 그게 되는 일인 지. 그전에 목숨을 잃을 수도 있고."

"높은 분의 눈에 들면 되는 것 아니겠소."

윤후의 말에 고한의 눈이 빛났다.

"높은 분이라……."

"거래를 하나 합시다."

"거래?"

반문하는 고한에게 윤후가 고개를 까딱였다.

"……높은 자의 눈에 들만한 방법을 찾아 주면."

"찾아 주면?"

"흑사방의 방주 자리를 얻도록 도와주겠소."

"방주 자리는 사마련의 고위층으로부터 인정받아 야 가능한 자리야. 네 힘으로는 역부족이지. 암, 그 렇고말고."

"그래서 해 보지도 않고 포기할 참이요? 그렇지 않 아도 견제하는 자들이 늘고 있다 하지 않았소."

윤후는 쉬이 물러설 생각이 없었다.

이대로 차일피일 시간만 끌었다간 아무것도 얻을 수 있는 게 없었다.

아직도 그에게는 풀어야 할 숙제가 산더미처럼 많

았다.

어떻게 해서든 이 모든 일의 배후로 움직일 만한 자들이 누구인지 알아내야 했다.

"그렇지 않아도 큰일이 벌어질 자리 하나가 있긴 하지."

고한도 이미 생각을 해둔 바가 있는 듯 보였다.

그의 말에 윤후의 눈이 반짝였다.

"자리?"

"사마련의 거두들이 꽤 많이 모이는 회의 겸 술자리가 있다. 이 일대의 인파가 꽤나 모일 만큼 거나하게 치러지지. 그곳에서 각자의 수하들을 데리고 겨루는 자리가 있다. 통칭 섬전(閃電)이라고 하지. 그곳에서 눈에 띄어 봐. 생사결이니 자칫 불구가 될 수도 있다. 그것마저 감안해야 하지. 그래도 할 테냐?"

윤후가 지체 않고 고개를 끄덕였다.

애초 고한도 윤후를 염두에 두고 있었기에 알겠다는 양 눈인사를 했다.

이윽고 대화가 끝나고 돌아서려는 윤후의 발목을 고한의 목소리가 붙잡았다.

"내일이다."

"당장 말이오?"

윤후가 내심 놀란 눈치로 그를 돌아보자 고한이 무겁게 고개를 끄덕였다.

"잘됐지. 내친 김에 네가 원하는 바를 이룰 기회가 찾아왔으니."

"그런 것 같소."

고한의 말대로 이것은 더도 없을 기회였다.

사마련 고위층에 눈에 띄려면 그만한 기회도 없을 것이다.

"준비 바짝 해라. 흑사방뿐만 아니라 사마련을 지탱하는 하부 조직은 다 모일 테니. 그놈들도 만만치는 않을 게야."

윤후는 고한의 충고에 대답 대신 고개를 주억거렸다.

"고맙소."

"감사 인사는 이번 일을 잘 치룬 후에 듣도록 하지."

고한의 차가운 말투가 꽤나 따뜻하게 느껴졌다.

'내심 너의 실력 전부가 궁금해지는군.'

고한은 사라져 가는 윤후의 뒷모습을 바라보면서 곧 있을 섬전 대회에 대한 묘한 흥분감으로 눈을 반짝였다.

다음 날 광주 도심 내부에서 북소리가 울려 퍼지기 시작했다.

동시에 노을이 지기 시작하면서 붉은 색이 사마련이 지배하고 있는 도심을 뒤덮어 갔다.

이미 이 도심을 지배하고 있는 무리들은 저마다 문양이 달린 깃발을 들고 사마련의 전각들이 늘어서 있는 성문 안으로 속속들이 집결하고 있었다.

집결하는 무리들을 따라 윤후 또한 흑사방 내부 인사들과 함께 걸음을 옮겼다.

기실 이미 흑사방 무리 내부에서는 한 차례 경합이 벌어진 뒤였다.

따로 비무를 치르지는 않았지만 사람 두 명을 합쳐 놓은 듯 커다란 현무암 비석을 가져다 놓고 대결을 펼친 것이다.

고한은 윤후를 뒤에 두고 걸어가면서도 내심 어깨가 든든했다.

지공(指功)만으로 펼친 경합에서 윤후가 낸 성적이 실로 놀라웠던 탓이다.

윤후의 무위는 고한이 예상했던 것보다 두 수, 아니, 그 이상이었다.

고수들에게 한 수 차이란 실로 엄청난 차이였고 그 이상을 바라볼 수 있다는 건 윤후가 쉬이 찾아보기 힘든 초절정 고수일 수도 있다는 생각에 힘을 실었기 때문이다.

기실 고한 말고도 흑사방주를 포함한 흑사방 내부의 인사들 또한 고한이 난데없이 데려온 혜성 같은 고수에 대한 의문을 품고 있었다.

흑사방 내부의 고수들 중, 현무암을 절반으로 쪼개 버린 것은 윤후가 처음이었던 까닭이다.

"긴장되나?"

흑사방의 깃발을 든 기수를 바라보며 고한이 윤후에게 넌지시 말을 건넸다.

나름대로 긴장을 풀게 해 주고자 건넨 위로 같았으나 윤후는 굳이 대답하지 않았다.

지금 머릿속에 떠오르는 것은 오로지 이 일을 해결해야 된다는 책임감뿐이었다.

사마련의 이빨 안으로 들어가는 지금 이 순간 윤후의 주먹이 불끈 쥐어졌다.

　'자, 이제 뒤에 숨어 있는 너희들의 얼굴을 보여 줄 차례다.'

3장

경합

—마동구가(魔同九家).


  사마련에 련이라는 글자가 붙게 된 것은 그들이 연합
의 형태로 긴 세월의 문을 열었던 탓이다.

  그들은 광동성을 중심으로 중원의 절반이라 불리는
땅의 영역을 지배하고 영역을 넓혀 갔다.

  그리고 사마련의 종사이자 첫 련주가 되었던 시조는
각 영역에서 사마련의 지배를 확고히 하고자 자신을 따
르는 아홉 개의 가문에 그만큼의 힘과 영향력을 내주었
다.

  일인 체제의 권력 중심이 오랜 세월을 버티기 힘들다
는 계산이 있었던 탓이다.

  그리고 사마련의 초대 련주가 예상한 바는 정확했다.

  그들은 세월이 지날수록 자신들이 가진 영향력을 이
용해 더 많은 파생 세력들을 이루어 냈고 각 가문마다
막강한 세력을 일구어 냈다.

물론 초창기에는 그러한 움직임들이 사마련을 더 굳건하게 만드는 작용을 했지만 그들이 세력을 구축한 세월이 지날수록 일어나는 분란들은 그들이 더 큰 권력을 탐하도록 만들어 가기 시작했다.

마동구가는 자신들의 힘을 더 굳건하게 유지하기를 원했고 그걸 위해서는 련주를 꼭두각시처럼 세우고자 움직이는 것이 가장 현명하다는 걸 깨닫기 시작했다.

그때부터 련주라는 자리와 마동구가는 불편한 세력 관계가 되어 갔다.

그리고 작금에 이르러서 이기용이라는 인물이 병약하다는 것이 밝혀진 이후부터 그들은 노골적으로 권력에 대한 탐욕을 드러냈다.

무엇보다 현 련주는 폐관 수련 때문에 주화입마에 빠져 있었고, 마동구가는 그 사실이 군무맹에 드러나지 않게 감추는 한편 자신들의 의도대로 사마련을 움직이는 중이었다.

말 그대로 지금 사마련은 마동구가의 세상이라 해도 과언이 아니었다.

붉은 천이 휩싸인 침상, 쥐 죽은 듯 누워 있던 사내의 곁으로 백발의 칼잡이가 나타났다.

칼잡이의 얼굴은 젊었으나 머리카락은 백발이었다.

백발 칼잡이의 말에 숨소리조차 들리지 않던 침상 안쪽에서 부스럭 거리는 소리가 들렸다.

"모든 준비가 끝났습니다."

칼잡이의 음성에 조용히 일어난 것은 기다란 적발을 가진 청년이었다.

병약한 듯 핏기 하나 없는 새하얀 얼굴을 가진 청년은 하얀 피부 탓에 더욱 붉어 보이는 입술을 느리게 열어 갔다.

"십봉(十奉)은?"

"현재 주군의 명만을 기다리고 있습니다. 각자의
위치에서."

"잘하고 있었군."

그는 한동안 어딜 다녀왔었다는 듯 말을 하고는 붉
은 휘장을 걷고 침상을 완전히 빠져나왔다.

그러자 붉은 휘장에 가려져 언뜻 보이던 청년의 용
모가 백발 칼잡이의 눈에 완연하게 들어왔다.

고목나무처럼 말랐으나 풀어헤친 장삼 사이로 보이
는 늘씬한 근육과 새하얀 피부와 함께 보이는 매서운
눈썹과 흑요석을 닮은 새까만 눈동자, 더불어서 피부
탓에 더 붉게 느껴지는 새빨갛고 작은 입술, 미인이
라 착각할 만큼 청년의 용모는 반듯하고 빼어났다.

아니 빼어나다기보다 아름다웠다.

청년의 두꺼운 쌍꺼풀이 위로 올라가자 그의 눈동
자가 목석처럼 서 있던 백발 칼잡이에게 향했다.

"시기는 적절하다고 보나?"

"……주군의 뜻대로 곧 머지않아서 군무맹의 도발
이 시작될 것입니다."

"그리 되겠지. 내가 그리 도왔으니. 하지만 그럼에도 불구하고 영감들은 쉬이 움직일 생각이 없단 말이야. 항상 느리지. 굼뜨고. 돌아가는 사정 따윈 안중에도 없어. 그저 안주! 안주! 안주! 그 어떤 협객 놈들보다 평화와 안락이라는 타성에 젖어 있지. 사마련은 그리 되선 안 돼. 사마련의 주인은 모름지기 구주와 강호를 모두 지배해야 해. 경외하고 두려워하는 존재가 되어야 하지. 오정원의 손을 잡는 것 또한 얼마 남지 않았음이니……."

청년은 지금 전쟁을 원하고 있었다.

무슨 이유에서인지 그의 눈에는 오로지 파괴에 대한 열망만이 가득했다.

그 열망 안에 무슨 계획이 도사리고 있는지는 오로지 그와 그를 돕는 이들만이 알고 있었다.

"섬전에서 쓸 만한 자들을 골라내."

"섬전에서 말씀이십니까?"

칼잡이가 물었다.

청년은 그의 물음에 당연하다는 양 고개를 끄덕였다.

청년의 말에 칼잡이의 눈에 찰나 간 수심이 서렸다.

그도 그럴 것이 섬전은 단순히 사마련의 하부 조직들 간의 기세 싸움이 아니었다.

사마련 휘하에 있는 하부 조직들을 살피고 그간의 실적을 눈으로 확인하는 데 있었다.

무엇보다 간간히 나타나는 인재들을 원로들은 자신의 수하로 뽑아 갔다.

그러다 보니 섬전에는 사마련의 고위층이 꽤나 많이 왔다.

연원회(淵源會)라 불리는 사마련의 원로들이 대거 참석하고 그들과 깊은 교류가 있는 현재 사마련의 주축 마동구가(魔同九家)의 총관들이 나타난다.

사실 연원회와 마동구가는 한 식구라고 해도 과언이 아니었다.

마동구가에서 연배가 높은 이들이 자리를 옮겨 쉬는 곳이 바로 연원회였기 때문이다.

기실 사마련의 타격대 혹은 그 하위 체계들을 마구 주무르는 것이 바로 이들이었다.

이들이야말로 사마련을 이끄는 실세 중의 실세인 셈이다.

섬전의 주최 또한 바로 그들로부터 시작되고 적당

한 인재들이 그들의 휘하로 복속된다.

물론 백에 하나 있을까 말까 한 일이었다.

휘하 세력들은 그 경지가 높아 봐야 일류고수일뿐
더러 대개는 이류 혹은 삼류다.

빼어날 만큼 절정의 기량을 보유한 것은 보통 하부
조직의 수장이나 그 곁을 지키는 수뇌들이다.

다시 말해 섬전에서는 쉽게 건질 만한 인재들이 없
다고 해도 과언이 아니었다.

그럼에도 원로들이 모습을 비추는 이유는 하부 조
직의 비무가 하나의 내기 판으로 자리 잡았기 때문이
었다.

비무에 나서는 자들에게 돈을 걸고 내기를 한다.

그들은 이 자리를 꽤나 즐겼고 그렇다 보니 청년의
말대로 조용히 인재를 내올 수 있는 확률은 극히 적
었다.

"내가 말하는 쓸 만한 자는 조금 의미가 다르지."

이윽고 들려오는 청년의 말에 칼잡이의 눈이 반짝
였다.

"하면……."

"이번 일이 터지고 나면 군무맹에 대한 증오심을

싹 틔울 수 있게끔 분위기를 띄울 자들을 말하는 거야. 적당한 영향력에 더 위로 가고자 하는 욕심을 가진 자들을."

이제야 청년의 말뜻을 이해한 칼잡이 깊게 고개를 숙였다.

본격적으로 움직이겠다는 청년의 의중을 이제야 파악한 것이다.

"이번에 살아남는 자들 사이에서 가려 놓겠습니다."

"그래. 권력욕에 휩싸인 자들이야말로 지금 나에게 가장 필요한 자들일 테니."

"예."

"이제 가지. 평화에 눌려 안주하고 있는 자들의 비명을 들으러."

풀어헤쳐진 나삼을 벗은 청년이 천장을 향해 고개를 젖히며 씩 웃었다.

\*       \*       \*

사마련의 성을 지나 통마탑 부근에 높게 세워져 있

는 연무각 앞에는 현무암으로 만들어진 수십 개의 비무장이 있었다.

평소에는 사마련의 정예 타격대들이 수련을 하는 곳이지만 오늘만큼은 달랐다.

사마련의 하부 조직들이 모두 모였고 사마련에 속한 정예 타격대들과 수많은 수뇌들이 주위에 둘러진 울타리 바깥에 속속들이 모여들고 있었다.

그리고 연무각 문 앞에 깔린 삼층 높이의 제단에는 사마련의 실세라 불리는 원로들과 마동구가의 가주들이 모여들고 있었다.

사마련주는 이곳에 오지 않았다.

아니, 오지 못한 것이 더 맞았다.

강호에는 여전히 사마련주가 건재하다고 알려져 있지만 그는 몇 달 전부터 주화입마에 시달리고 있었다.

주화입마의 연유는 알 수 없었으나 한 가지는 확실했다.

사마련주가 폐관 수련이라는 명분으로 병환을 치료하고 있는 동안, 사마련 내부에서 완전히 실권을 잡기 시작한 것은 구가의 가주들과 원로들이었다.

그들은 이제 련주가 병환으로 누워 있음을 알면서도 빤히 축제나 다름없는 행사를 즐기며 환하게 웃고 있었다.

그들 스스로 자신들이 사마련의 주인이라는 생각을 가지고 있기 때문일지도 몰랐다.

그리고 그들 사이에서 가장 두각을 나타내고 있는 이는 바로 현재 연원회의 회주이자, 마동구가 중 으뜸이라 불리는 마룡가(魔龍家)의 전대 가주였던 용벽수였다.

용벽수가 봉황이 수실 되어 있는 검붉은 장포를 입고 나타나자 일대 수뇌들이 전부 기립했다.

얼굴은 노인이었으나 그의 머리칼과 눈동자 그리고 수염은 온통 붉은색이었다.

마룡가의 무공의 특성상 그 성취도가 높을수록 모든 털이 붉어지는 탓이었다.

용벽수는 느린 걸음으로 계단을 지나 제단을 향해 올라가기 시작했다.

이윽고 제단 위에 당도한 그는 기다란 단상 앞에 기립해 있는 수뇌들에게 가벼이 눈인사를 건네며 정중앙 자리에 착석했다.

칼날을 닮은 날카로운 눈매.

고집스럽게 다문 입술.

옆머리에 닿을 듯, 높이 치솟아 있는 눈썹까지.

무엇보다 그의 주변에서 흐르고 있는 날카로운 기세는 그의 위압감을 강하게 만들었다.

"모두 모였는가."

용벽수의 무겁게 내리깔린 목소리에 곁에 있던 마룡가의 가주가 고개를 끄덕이며 대답했다.

"예, 아버님."

"그렇다면 시작하도록 하여라."

"그리하지요."

마룡가 현 가주인 용태진이 용벽수의 말에 따라 단상 앞으로 나섰다.

그가 앞으로 나서자, 울타리 밖에 진을 치고 선 수많은 사마련의 무인들이 열광하기 시작했다.

"섬전회의 개회식을 시작하라—!"

두둥—!

북소리가 다시금 울려 퍼지기 시작하고 개회식을 축하하는 연회가 벌어지려 하던 순간, 장내에 무인들이 갑자기 웅성거렸다.

동시에 장내를 바라보고 있던 용벽수의 눈동자에도 이채가 흘렀다.

좌중의 시선이 쏠리고 임시로 쳐 놓은 울타리 바깥이 웅성거렸다.

그리고 웅성거리는 좌중 속에서 붉은 용포를 입은 적발의 청년이 나타났다.

청년이 걸음을 뗄 때마다 좌중의 무인들이 놀란 얼굴로 하나둘씩 뒤로 물러났다.

마치 멀리서 볼 때는 커다란 인해(人海)가 반으로 쫙 갈라지는 듯한 착각을 일으킬 만큼, 무인들의 얼굴에는 놀라움이 가득했다.

이윽고 인파들을 헤치고 청년이 완전히 걸어 나오자 모두의 시선이 그에게 쏠렸다.

"소련주께 예의를 갖추시오!"

청년의 곁에 붙어 있던 구척 거한이 호랑이 같이 울부짖었다.

백발 칼잡이가 청년의 그림자라면 구 척 거한은 그와 오랫동안 함께 온 친위(親衛)였다.

탁탑광룡(托塔狂龍) 서정하.

두 자루의 도끼로 한때는 후기지수 사이에서 경외

에 가까운 시선을 받았던 인물이었다.

일개 대대의 대주 직함까지 받았으나 약하다는 이유로 대대 전부를 몰살시킨 탓에 지금은 직함을 박탈당하고 소련주의 곁에 머물러 있었다.

사실 자신보다 강하지 않은 자에게도 고개를 숙이지 않는 그가 유달리 소련주에게 애착이 강한 이유를 아무도 알지 못했다.

그저 웃고 있는 소련주만이 서정하의 심사를 알 뿐이었다.

소련주 이기용.

그는 달리 별호가 없었다.

그저 오랜 시간 희귀 중병인 구음절맥을 앓았고, 그로 인해 태어난 지 십 년의 시간 동안 폐관되어 치료에만 전념했기 때문이다.

그의 치료를 고치기 위해 사마련의 전신(前身)인 혈룡교의 귀술(鬼術)까지 시전 되었다.

그리고 그는 후계자 자리에서 점점 멀어져 갔다.

하지만 후계자를 어서 뽑아야 한다는 성화에도 불구하고 련주는 결코 자신의 후계자를 버리지 않았다.

그는 끝까지 이기용의 자리를 지켜 냈고, 덕분에

이기용은 명실상부 이름만 남은 후계자 자리를 여전히 사수할 수 있었다.

다만 현재 련주의 주화입마로 인해 권력이 완전히 허물어진 지금, 이기용이 할 수 있는 일은 그리 많지 않았다.

아니, 많아 보이지 않았다.

기실 련주의 권력이 유명무실해진 지금 소련주의 등장은 구가의 가주들과 그 외 원로들에게는 그저 눈엣가시일 뿐이었다.

특히나 원로들은 이기용이 여전히 아무것도 할 수 없는 힘없는 후계자라고 생각하고 있었고, 사마련의 구심점을 이룰 만한 능력이 전무하다고 여기고 있었다.

다만 이기용을 제거하지 못하는 것은 여전히 그가 후계자라는 명분을 가지고 있기 때문이었다.

이윽고 학이 수실 된 청포를 입고 있던 용태진의 이리 같은 눈매가 빠르게 움직였다.

그는 단상에서 내려올 생각도 하지 않은 채 난관 앞에 서서 다가와 우뚝 멈춰 선 이기용을 내려다봤다.

이기용 또한 가벼이 미소를 머금은 채로 자신을 내

려다보는 용태진을 그윽한 눈길로 올려다보았다.

"폐관에 들어가신다 하지 않으셨소?"

용태진의 물음에 침묵하고 있던 이기용이 나지막한 목소리로 대답했다.

"그랬지요."

이기용은 그리 말한 뒤 좌중을 훑어보며 뒷말을 덧붙였다.

"내가 못 올 때라도 온 것입니까?"

슬쩍 용태진의 의중을 떠보는 이기용을 향해 용태진은 덤덤한 눈길로 입을 뗐다.

"그럴 리가 있소. 소련주의 자리는……."

"미처 마련하지 못했소."

무던하게 대처하려 했던 용태진과는 달리 정중앙 흑단목 의자에 앉아 있던 용벽수가 뒷말을 보탰다.

단칼에 이기용의 합석을 잘라 내는 용벽수의 의사 표현에 곁에 앉아 있던 모든 수뇌들의 눈빛들이 날카로워졌다.

분위기가 금세 살얼음판이 된 것이다.

이제부터는 어느 편에 서야 할지 그들은 감을 잡아야 했다.

사실상 소련주인 이기용의 힘은 전무 했다.

그는 여전히 사마련에 보여 준 바가 없었고 그의 곁을 지키는 권력층도 얕았다.

그저 련주에게 충성했던 몇몇만이 이기용에게 은밀히 힘을 보태 줄 뿐이었다.

그러니 지금 이 상황에서는 용벽수의 발언이 절대적이라고 해도 과언이 아니었다.

이런 팽팽한 긴장감 속에서 이기용의 미소는 짙어지고 있었다.

자신감에 찬 미소였다.

"내 자리가 없다면 물러나야겠군요."

그는 오히려 담담했다.

마치 용벽수와 그의 곁에 함께 하는 이들의 반응을 미리 알고 있었다는 것처럼.

다음 대 차기 소련주를 향한 그들의 냉대에 분위기는 이미 차갑게 식어 있었다.

"그만 가지."

"예, 주군."

서정하는 분노가 가득한 악귀 같은 얼굴로 용벽수를 비롯한 단상에 올라 서 있는 이들을 노려봤다.

하지만 그것도 잠시 돌아서는 이기용을 따라 몸을 돌아 세웠다.

그렇게 차갑게 식었던 장내는 이기용의 퇴장과 함께 이내 고요해졌다.

용태진은 찬물이라도 뒤집어씌운 듯 냉랭해진 장내 분위기를 환기시키려는 듯 북을 다시 울리게 했다.

두둥―! 두둥―!

다시 울려 퍼지는 북소리와 함께 기다리고 있던 무희들과 용 형상의 탈을 뒤집어쓴 광대들이 연무장을 뛰어다니며 다시 분위기를 뜨겁게 달구었다.

그사이 장내를 빠져나와 외곽으로 걸어가던 이기용의 눈동자가 붉게 물들었다.

이윽고 걸음을 멈춰 세운 이기용은 자신의 등 뒤에서 걸음을 쫓아오던 서정하에게 무겁게 입을 열었다.

"곧 노을이 지면 이곳도 핏빛으로 물들겠지."

나지막한 목소리로 읊조리는 이기용과 함께 서정하가 핏발 선 눈으로 입을 뗐다.

"지금껏 소련주를 괄시하던 자들의 목이 모두 달아날 것입니다. 달은 그들의 피로 물들 테지요."

"그래…… 권력의 달콤함에 취해 이 땅에 태어난

연유를 잊은 자들에 대한 응징은 그 어느 때보다 단
호해야 할 것이다."

무겁게 읊조리는 이기용의 목소리는 그 어느 때보
다 날카로웠고 광기에 섞여 있었다.


같은 시각, 윤후는 알 수 없는 위화감을 느끼고 있
었다.

무희와 광대들이 사자춤을 추고 용의 탈을 쓴 채
검무가 펼쳐지고 있었으나 그 어떤 화려한 것도 윤후
의 시선을 붙잡을 수는 없었다.

방금 전 그의 시선을 스쳐 지나간 소련주 이기용
때문이었다.

윤후는 그의 미소에서 알 수 없는 위화감을 느꼈
다.

마치 다가올 위험을 알고 있는 것 같은 표정이었
다.

"어이, 왜 그래?"

고한은 곁에 서 있는 윤후의 어깨를 툭 치며 물었
다.

상념에 빠져 있던 윤후가 그런 고한을 쳐다보며 대

답했다.

"방금 그 소련주 말이오."

"그 얘기는 나중에 단둘이서 하도록 하지. 여기선 할 만한 이야기가 못 되니까."

고한은 단호하게 윤후의 말을 잘랐다.

고한의 말이 사실이었다.

분위기가 좋지 않은 상황이었다.

더욱이 소련주에 관해 이야기를 꺼내는 것은 자칫하면 사마련 내부의 분란을 드러내 놓고 욕하는 것이라는 오해를 받을 수 있었기 때문이다.

이럴 때는 고한의 말대로 납작 엎드려 있는 편이 나았다.

무엇보다 지금 고한과 윤후의 곁에는 고한을 탐탁지 않게 생각하는 이들이 여럿 있었다.

흑사방의 눈엣가시 정도로 표현될 수 있는 게 지금 고한의 입지였다.

이번에 흑사방의 대표로 선발된 것이 고한이 천거한 윤후라는 것 또한 흑사방 수뇌들에게는 그리 기쁜 일이 아니었기 때문이다.

"자, 이제 나갈 차례군."

고한이 윤후의 등을 슬쩍 떠밀었다.

고한의 말대로 정중앙에 위치한 연무장에서는 무희들과 광대들이 서서히 사라져 가고 있었다.

대신 각자 세력이 도열해 있던 곳에서 날카로운 기광을 가진 자들이 하나둘씩 현무암으로 만들어진 연무장으로 나오고 있었다.

단상 아래 두루마리 양피지를 든 사마련 소속의 타격대 대주가 이윽고 윤후의 이름을 불렀다.

"흑사방 출전!"

흑사방의 대표로 나가게 된 윤후가 걸음을 옮기자 깃발을 들고 서 있던 흑사방의 무리들이 양옆으로 갈라졌다.

이어서 흑사방의 방주가 자신의 위신을 세우기 위해 윤후의 앞에 자리했다.

"무량이라고?"

"예."

윤후는 그에게 경어를 썼다.

어찌 됐건 흑사방 조직 내부에서 가장 큰 어른이 그였던 탓이다.

"흑사방의 이름을 빛내라."

"그리하겠습니다."

방주의 격려와 함께 윤후는 흑사방 무리들에게서 빠져나와 연무장에 다른 무인들과 함께 나란히 섰다.

연무장에 모습을 드러낸 것은 총 열 명이었다.

광주를 비롯한 사마련의 직접적인 수입이 나오는 음지를 대신 관리하는 흑사방.

그 외 사마련의 세력권의 여타 주(州)에 고루 퍼져 있는 외권(外權) 지부의 하층 조직들이었다.

열염회(熱炎會).

고육당(固戮黨).

정적문(政敵門).

귀동당(鬼瞳黨).

진격장(進擊莊).

강성회(强性會).

지계문(肢械門).

별륜당(螫倫黨).

일정회(燚頂會).

섬전문(閃電門).

이렇게 사마련 휘하의 열 개 조직의 대표들이 모두 나왔다.

특이한 독문병기를 가진 자들부터 무당이나 술사처럼 보이는 자들도 더러 있었다.

각 회에서 주목 받는 고수들이 등장하니 다시 장내의 분위기가 뜨거워지기 시작했다.

윤후는 그 속에서 담담한 기색으로 빠르게 단상 위에 올라가 있는 고위층 수뇌들을 눈에 하나씩 담았다.

저들 중 하나가 적발 사내일지 몰랐다.

하지만 점점 사마련 세력들 사이에 머물수록 느끼는 것은 하나의 의아함이었다.

그들 사이의 분위기는 군무맹의 전운(戰雲)과는 사뭇 다른 것이었다.

군무맹 내부에서 느꼈던 사마련을 향한 적의, 그리고 서서히 고수들을 휘감기 시작한 팽팽한 전운들을 이곳 사마련에서는 전혀 느낄 수 없었다.

느낀 것이라고는 방금 전 이곳 내부에서 확연히 느껴지는 세력 간 싸움이 전부였다.

련주로 올라서고자 하는 소련주와 그를 눈엣가시처럼 생각하는 사마련의 신하들.

그 둘의 세력 싸움이 전체적으로 드러나긴 했지만, 이런 와중에 그들이 군무맹을 향해 칼을 내민다는 것은 조금 모순점이 있는 부분이 아닐 수 없었다.

무량은 용벽수와 용태진을 비롯한 마룡가의 식솔들을 날카로운 눈으로 주시했다.

그들은 모두 붉은 머리를 지니고 있었다.

더욱이 방금 장내를 다녀간 소련주 이기용, 그 또한 붉은 머리를 지니고 있었다.

형을 죽음으로 몬 자의 가장 큰 실마리는 붉은 머리.

그리고 사마련과 어떻게든 엮여 있는 자.

마지막으로 오정원과 적우와 손을 잡은 이였다.

분명 이 중 두 가지에 속한 자는 장내에 제법 있었다.

사마련의 병력을 운용하려면 어느 정도 입지가 있어야 가능할 것이라는 생각 때문이었다.

우량은 장내에 있는 이들 중 대상을 좁힐 수 있었다.

이기용과 용벽수는 분명 형을 죽음으로 몰 수 있는 계획을 짜낼 수 있는 힘과 능력이 있는 자들처럼 보였다.

특히나 용벽수는 윤후의 의심 선상에 최우선적으로

꼽힐 만한 인물이었다.

상황을 지켜보던 우량은 이윽고 섬전문의 대표와 단둘만 연무장에 남았다.

섬전문에서 나온 이는 작고 볼품없는 몸이었으나 자신의 신장보다 훨씬 큰 긴 검을 허리에 차고 있었다.

자칫하면 긴 장검이 땅에 끌릴 만큼 키가 작은 그는 매서운 눈길로 윤후를 노려보며 다가왔다.

비무의 시작을 알리기 위한 북소리가 울려 퍼졌다.

방금 전 이기용이 다녀갔다는 것을 모두 잊은 것처럼 다시금 긴장감으로 비롯된 열기가 모두에게 드리워졌다.

윤후는 허리춤에 찬 철검을 쥐었다.

월양쌍륜검은 고한이 내준 방에 숨겨 두고 온 터였다.

이곳에서 월양쌍륜검을 드러낸다면 당연히 정체가 드러날 게 빤했고 그것을 숨기기 위해서라도 지금은 독문절기를 드러낼 수 없었다.

윤후는 쥐고 있던 철검을 들어 섬전문에서 나온 꼽추를 겨눴다.

검의 간극을 재려는 듯 눈을 가볍게 찡그린 그를 바라보며 꼽추가 앞니 없는 이를 드러내며 웃었다.

이제 그들을 제지할 이들은 없었다.

상대를 죽여도 되는 생사결.

사마련 고위층의 눈요기가 되고 아울러 이 중에 몇몇은 고위층의 눈에 들어 더 높은 곳을 향해 올라갈 수 있는 자격을 얻게 된다.

윤후는 이 싸움에서 반드시 그들의 뇌리에 남길 만큼 강한 인상을 심어 주어야만 했다.

보통 생사결에서 상대를 죽이지 않고 제압하는 것은 상상을 초월할 만큼 어렵다.

실력의 큰 차이가 나지 않는 이상은.

지금처럼.

꼽추는 신중했다.

윤후를 쉽게 판단하지 않으려는 듯 날카로운 눈으로 윤후의 전신 곳곳을 살폈다.

윤후가 움직이는 순간 반격할 만반의 채비를 그는 마친 것처럼 보였다.

'쾌검이군.'

윤후는 그의 움직임을 살피며 금세 그의 무공이 어

떤 강점을 지니고 있는 빠르게 알아챘다.

주로 극한의 쾌검을 시전 하는 이들은 먼저 발검하려 하지 않는다.

상대를 살피고 그의 약점을 찾는 데 공을 들인다.

단 한 수의 발검.

상대를 단숨에 베지 않아도 좋다.

그들은 한 수의 발검을 통해 상대를 당황케 하거나 혹은 균형을 흩트리고 이 수, 삼 수에 상대를 벤다.

윤후는 이런 부류의 이들을 상대하는 법을 잘 알고 있었다.

그가 이내 땅을 박찼다.

윤후가 그의 사부를 만나기 전에 그가 익혔던 것은 백 씨 가문에 전해져 내려오는 절기였다.

딱히 절기라고 할 수는 없었지만 처음 가문을 일으킬 때부터 상인 집안이었던 백 씨 가문의 신변을 지켜 온 무공.

비요검(比曜劍)과 성류보(星流步).

성류보는 전투를 위한 경공이 아니다.

그저 빠르게 상대에서 물러날 때를 대비한 퇴로를 위한 경공이었다.

이미 대종사의 자질을 갖춘 윤후에게 이 두 가지 무공을 변형시켜 상대를 제압하는 것은 어려운 일이 아니었다.

윤후가 성류보를 시전해서 앞으로 뛰어들자 꼽추가 슬쩍 뒤로 한 걸음 물러나며 기회를 보았다.

섬전문의 검은 윤후의 생각대로 쾌검이 맞았다.

섬광육검(閃光六劍)이 꼽추에 손에서 펼쳐졌다.

초식명처럼 꼽추의 손끝에 기묘하게 춤을 추자 손 안에 잡힌 검이 빛살처럼 윤후의 전면에 쇄도했다.

꼽추의 검은 해계, 양구, 혈해를 노렸다.

전부 하반신의 분포되어 있는 혈들이었다.

쾌검은 보통 베는 것에 중요도를 두지 않는다.

찌르고 반격한 후, 다시 찌른다.

꼽추가 펼치는 섬광육검도 크게 다르지 않았다.

섬광육검은 먼저 상대를 제압하기 위해 다리를 먼저 노리는 검법인 듯 보였다.

운신을 하지 못하게 다리를 묶어도 중요 사혈을 찔러 상대를 쓰러트리는 것이다.

일순 윤후의 신형이 제자리에 우뚝 멈춰 섰다.

목석처럼 멈춘 윤후의 신형에 꼽추는 정확히 검을

꽂았다.

"끝이다."

꼽추의 눈에 희열이 감돌았다.

그는 완전히 윤후의 하반신을 제압한 것이라 생각
한 듯했다.

그때 윤후의 신형이 흐릿해져 갔다.

이형환위.

순간적으로 경공의 방향을 틀어 상대의 육안을 속
이며 환영을 일으키는 절정의 경공이었다.

하지만 고수를 상대로 이형환위를 펼치는 것은 눈
에 보일만 한 기량 차이가 있어야만 가능했다.

상대에게 환영을 보일 만큼 빠른 경공을 갖추고 있
다는 것은 그만한 실력 또한 보유하고 있다는 말이나
다름없었던 탓이다.

윤후는 꼽추의 사각지대로 이미 짓쳐 들어가고 있
었다.

어느새 꼽추의 시야가 닿는 않는 오른편에 자리 잡
은 윤후는 검을 내리그었다.

꼽추는 급히 검을 거두지 않았다.

그도 감춰 둔 한 수가 있었는지 왼손 소매를 털어

내며 윤후를 향해 대각선으로 몸을 비틀었다.

꼽추의 소매에서 튀어나온 비도들이 윤후에게 쏟아졌다.

하지만 윤후는 가볍게 발끝을 튕기듯 뒤로 물러나며 비도를 피해 내고 허리를 재빨리 왼편으로 비틀어 방향을 선회하는 경공을 펼쳤다.

눈 깜짝할 새 꼽추를 중심으로 원을 그리듯 움직인 윤후의 검은 정확히 꼽추의 등 뒤 기해혈에 닿아 있었다.

윤후는 꼽추의 등 뒤에 우두커니 멈춰 서서 그의 귓가에 낮은 음성으로 속삭이듯 입을 열었다.

"끝내지, 그만."

기해혈을 찌르고 있는 그의 검은 조금만 더 움직이면 그의 단전마저 꿰뚫을 듯 사납게 파고들었다.

꼽추가 반격하던 것을 멈추고 이내 이를 악다문 채 고개를 떨어트렸다.

"……졌다."

패배를 인정하는 꼽추의 말이 끝나자마자 흑사방에서 함성이 터져 나왔다.

고한의 입가에도 미소가 서렸다.

자신의 생각이 맞았다는 것이 결과로 나온 탓이었다.

흑사방주도 고한을 복잡한 생각이 담긴 눈으로 쳐다봤다.

방주뿐만이 아니었다.

고한을 탐탁찮게 생각하던 흑사방 수뇌 몇몇도 더이상 고한을 쉽게 건드릴 수 없다는 걸 깨달았다.

윤후가 주목을 받으면 받을수록 중요 요직에 있는 사마련 수뇌와 연이 닿을 것이고 그럼 고한도 든든한 지원군을 얻게 될 게 빤했기 때문이다.

이윽고 승리하고 돌아온 윤후를 고한이 의미심장한 미소를 머금으며 맞이했다.

"손쉬운 놈이었지?"

"그럭저럭."

윤후의 대답에 고한이 더욱 짙은 미소를 머금었다.

윤후가 끝나고 난 후 장내에 모인 총 열 개 조직의 대표들이 모두 비무를 치렀다.

그러자 남은 것은 총 다섯 개의 조직.

윤후가 속해 있는 흑사방과 열염회 그리고 지계문과 진격장, 강성회가 살아남았다.

다음 비무가 이루어지는 것은 일각 후였다.

두 시간 가량의 연회가 진행되고 그동안 출전해야 하는 비무자들은 각자 운기조식을 포함한 휴식을 취하는 것이다.

윤후도 휴식을 취하는 여타 비무자들처럼 고한과 함께 따로 안내된 처소로 향했다.

고한과 윤후는 사마련 내부에 마련된 객사(客舍)에 당도해 배정받은 방 안으로 들어갔다.

윤후가 자신을 따라 들어오는 고한을 향해 물었다.

"연회를 왜 즐기지 않으시오?"

"……딱히 내 취향이 아니어서 말이지."

고한이 씩 웃었다.

말이 그렇지, 고한은 사실 흑사방 몇몇 수뇌들과 어울리기 싫어 장내를 빠져나온 게 틀림없어 보였다.

조직을 운영하는 것에 신념이 다른 이들과 우스갯소리를 하는 것이 마음에 들지 않은 것이다.

고한의 마음을 헤아린 윤후는 더 묻지 않고 침상에 걸터앉아 가부좌를 틀었다.

"운기를 할 참인가? 그럴 필요가 있을까?"

"방심은 독이 될 때가 있지."

윤후는 이번 일을 깔끔하게 끝내고 싶었다.

첫 비무를 보았던 상대들은 윤후를 더욱 경계할 게 뻔했다.

실력을 두 눈으로 똑똑히 봤을 테니.

그렇담 윤후도 더욱 절묘한 방법으로 그들을 단시간에 제압해 내야 했다.

얼마나 빠른 시간 내에 그들을 제압하느냐에 따라 사마련 수뇌들의 눈에 띄일 게 뻔했던 탓이다.

우선 그들의 중심에 들어가는 것이 최우선적인 목표였다.

이윽고 고한이 돌아서면서 윤후를 향해 물었다.

"만약 이번 일에서 사마련 수뇌의 눈에 띄게 된다면 원하는 걸 얻을 수 있는 특전을 받을 수 있을지도 몰라."

윤후가 애초에 말했던 비고에 들어가는 것을 염두에 둔 말이었다.

고한의 말에 들어 있는 의미를 윤후는 금세 파악할 수 있었다.

고한은 지금 묻고 있는 것이다.

만약 특전을 얻게 되어서 비고로 들어갈 수 있게

된다면 목적을 달성했으니 떠날 것이냐 묻는 의미이기도 했다.

고한의 물음에 윤후는 잠시 고심하는 듯 눈을 반개했다.

"비고에 들어갈 수 있다고 해도 그들은 쉽게 귀한 물건을 내놓지 않을 것이오."

"그럴 테지. 하나, 내가 묻는 것은 만약이야. 만약 원하는 물건을 손에 넣고 사자은이에게 빚을 갚을 수 있을 만한 요건이 갖춰진다면 떠날 것인가?"

"그래야겠지. 하나 상황이 내 뜻대로 되겠소?"

"비고의 물건까지 넘겨준 자를 쉬이 보내 주지는 않겠지."

고한도 윤후의 대답에 동의했다.

사마련은 쉬이 윤후를 보내 주지 않을 것이다.

윤후가 그에 상응하는 일을 치르기 전까지는.

동시에 윤후는 자신에게 이러한 질문을 한 고한의 의도도 꿰뚫어 보았다.

그는 윤후라는 좋은 끈이 생긴다면, 도움을 받아 흑사방주의 자리에 올라갈 생각인 듯했다.

"내가 당신을 좌지우지 할 만한 자리까지 올라갈

사람처럼 보이시오?"

기대에 가득 찬 고한의 눈빛을 읽은 윤후의 물음에 고한이 회심의 미소를 머금었다.

"적어도 만만찮은 사내라는 것쯤은 진즉부터 눈치 챘지. 쉬도록 해. 올라온 놈들이 만만찮으니."

윤후는 고개를 끄덕이는 것으로 대답을 대신했다.

고한이 방을 빠져나간 뒤 가부좌를 튼 채 운기를 하고 있던 윤후에게 또 다른 손님이 찾아왔다.

은밀한 기척이었으나 윤후보다는 하수였다.

윤후는 눈을 다시금 지그시 뜬 채 자신의 등 뒤에 선 괴인을 향해 입을 열었다.

"무슨 소식을 가져왔는지에 따라 목이 달아날지, 그렇지 않을지 여부가 결정될 것이야."

윤후의 서슬 퍼런 협박에도 불구하고 등 뒤에 선 그림자는 아무 말이 없었다.

그림자는 대신 윤후가 예상했던 칼 대신 붉은 끈에 묶여 있는 서찰을 건넸다.

윤후가 이내 고개를 돌려 침상에서 일어나자 검은 방갓을 쓰고 있던 괴인이 무겁게 입을 열었다.

"곧 혈겁이 시작된다."

"혈겁?"

윤후는 나지막이 입을 떼는 괴인을 매의 눈으로 빠르게 살폈다.

달리 위협적인 느낌은 없었다.

허리에 찬 묵색의 도가 보였고 검은 방갓과 흑의를 보면 그가 검은색을 꽤 좋아한다는 걸 알 수 있을 정도였다.

윤후는 우선 자신을 찾아온 그의 의도가 궁금해졌다.

"내게 그 일을 설명하는 이유가 뭘까? 당신이."

"혈겁을 피하고 싶나?"

"피곤한 것보다는 피하는 게 낫겠지."

윤후의 대답에 괴인이 계속해서 입을 열었다.

"내 주인께서 너를 거두고자 하신다. 만약 네가 받아들인다면 너는 나가지 말아야 할 것이다. 앞으로 일각 후에 벌일 비무를."

괴인의 말에 윤후는 머리를 굴렸다.

'비무를 나가지 말라?'

하나 비무를 주최한 것은 사마련 내부에서도 최고 권력자라 불리는 용벽수다.

그런 용벽수를 비롯한 기존 권력의 중심인 마동구가의 가주 몇몇이 참여한 이번 비무를 나가지 말라고 한다는 것은 용벽수와 반대되는 세력에 있는 인물이라는 것.

"너의 주인은 소련주군?"

소련주 이기용.

그가 틀림없었다.

하지만 윤후의 물음에 사내는 단호하리만치 차갑게 말을 내뱉었다.

"질문을 받지 않는다. 나는 너에게 묻는 것이다. 말에 따를 것이냐, 말 것이냐."

"거절한다면?"

반문하는 윤후 앞에서 사내는 대답 대신 칼자루에 손을 가져다 댔다.

당장 도를 빼어 들 기세였다.

문답무용.

말보다 그는 행동으로 자신의 다음 행보를 밝혔다.

이곳에서 윤후의 목을 베겠다는 의지였다.

윤후는 그런 그를 뚫어지게 응시하다 이내 입을 열

었다.

"좋아. 단, 한 가지 청할 게 있는데."

윤후의 말에 사내의 눈에 이채가 흘렀다.

"나는 침묵으로 대신하지. 만약 소련주의 거사가 실패로 돌아간다면 난 다시 또 다른 주인을 찾아야 하니까."

중간에 서서 상황을 지켜보겠다는 윤후의 말에 칼자루에 손을 대고 있던 사내가 느리게 손을 도파(刀把)에서 뗐다.

"지켜보겠다?"

"그래. 난 위험을 감수하고 싶지 않으니까."

"……승낙한 것으로 알지. 새 세상에서 또 네가 해야 할 일이 있을지도 모르니."

"사마련의 세상이 완전히 소련주의 것이 된다면 충성하지."

"박쥐같은 자로군."

"목숨이 걸려 있다면 그 정도 별칭이야 감수할 만하겠지."

윤후는 그 말과 함께 돌아섰고 흑의인은 왔던 것처럼 조용히 사라졌다.

그의 기척이 사라지고 나서야 윤후는 고심에 빠졌다.

흑의인이 말하는 혈겁의 주인공이 이기용이라면 분명 사마련 내부에서 큰 싸움이 일어날 게 빤했다.

딱히 그 부분에 대해서는 염려할 게 없었으나 마음에 걸리는 것은 고한이었다.

고한이 어느 편에 서느냐에 따라 그의 목숨이 좌지우지 될 테니까.

나서서 그를 이 일에서 빼내는 것은 분명 윤후의 선택이었다.

윤후는 우선 움직이기로 했다.

아무리 가짜 신분으로 만난 인연이기는 하나 지금껏 그가 자신에게 베푼 호의를 완전히 머리에서 지울 수는 없었던 탓이다.

적어도 한 번쯤은 그에 대한 빚을 갚는 것이 윤후로서는 그에 대한 최선의 예의였다.

이윽고 윤후가 방을 빠져나가기 위해 걸음을 옮겨 갔다.


잠시 후 고한은 윤후의 부탁에 의해 방 안으로 들어섰다.

아무래도 불안하다는 윤후의 청 때문이었다.

운기를 하는 도중에 상대 비무자들이 어떤 협잡을 벌일지 모르지 않느냐는 윤후의 말은 분명 일리가 있어 보였다.

그리고 윤후가 운기조식을 하는 동안 호법을 서게 된 고한은 시간이 흐를수록 이상한 낌새를 느끼기 시작했다.

운기를 끝내고 비무대로 다시 돌아가야 하는 시간이 됐음에도 윤후가 방 밖으로 빠져나오지 않았기 때문이다.

방 문 밖에서 기다리고 있던 고한이 이상함을 느끼고 다시 방으로 들어서자, 방 안에는 윤후가 태연한 얼굴로 차를 마시고 있었다.

"운기 때문에 날 부른 게 아닌가?"

고한의 물음에 윤후는 아무 말도 없었다.

대신 고한을 그윽한 눈길로 응시하며 맞은편 자리를 권했다.

"앉아서 이야기 합시다."

긴히 할 이야기가 있는 듯한 윤후의 눈빛에 고한은 우선은 그의 말대로 맞은편 자리에 앉았다.

동시에 자리에 앉자마자 고한이 무겁게 입을 열었다.

"말해 보지. 이제 무슨 일인지. 무슨 일 때문에 당장 눈앞에 있는 비무를 관두려는 것인지."

"내란이 일어날 것이오."

앞일을 예상하는 투로 말하는 윤후의 대답에 고한의 얼굴이 굳어지기 시작했다.

"내란이라면……."

말끝을 흐리는 그에게 윤후가 지체 않고 말을 덧붙였다.

"이기용과 그를 따르는 자들의 세력이 마동구가와 그들의 수장, 용벽수를 제거하려 들 듯하오."

들고 있던 찻잔을 내려놓은 윤후의 말에 고한이 자리에서 벌떡 일어났다.

"그것을 네가 어찌 아는 게야."

윤후가 무언가 숨기고 있었다는 것으로 오해한 고한의 고함에 윤후가 담담한 어조로 말을 이어 갔다.

"그쪽에서 사람 하나가 날 찾아왔소. 당신이 이 방을 나간 후에."

"어느 쪽에서?"

"소련주 측에서."

"왜지?"

"그들은 나를 주시한 모양이오. 어찌 보면 잘된 일
일지도 모르지."

윤후의 대답에 고한은 마른침을 삼키며 다시 자리
에 털썩 앉았다.

그의 태연한 표정만 보면 이 일이 별 일 아닌 것처
럼 보이나 실상 윤후는 권력 싸움 중심에 끼어든 것
이나 마찬가지였다.

윤후의 담담한 어조처럼 간단한 문제가 아닌 셈이
었다.

"……그런데 왜 나를 부른 거지?"

"당신에게 빚을 갚은 거라고 보면 될 것이오."

윤후의 대답에 고한은 이제야 모든 상황이 이해되
는 듯했다.

"설마 이번 회합이…… 이기용이 염두에 둔 계획의
일부였다는 말인가?"

"그런 듯하오. 사마련 중심에 있는 하부 조직 열
곳과 마룡구가 핵심이라고 볼 수 있는 수뇌들이 모인
자리. 이곳을 완전히 장악하고 그들을 베어 버릴 수

있다면, 만약 그렇게만 된다면⋯⋯."

윤후의 말을 고한이 이어서 받았다.

"하늘이 바뀔 수도 있겠지. 이기용에게 기회가 생길 수도 있고. 하나 정통성을 부정하는 자들이 나올지도 모른다."

턱을 쓰다듬으며 말하는 고한에게 윤후는 고개를 끄덕였다.

동시에 고한이 다시금 자리에서 일어났다.

"그래서 너는 이기용이 편에 선 것인가?"

자리에 일어난 고한의 물음에 윤후가 고개를 저었다.

"이기는 쪽이 내 선택을 받을 수 있을 것이오. 그들에게도 그렇게 밝혔고."

"한데 제법 한 번의 비무가 인상을 깊게 남겼나 보군. 이기용 측에서 이런 제안이 들어올 정도면."

고한의 말에 윤후는 대답 대신 고한에게 되물었다.

"그들이 나에게 내건 조건은 이기용이 이번 난을 일으킬 때 두말없이 복종하는 것이었소."

"⋯⋯복종하지 않으면 모두 제거 당하겠군."

"당신도 포함이겠지."

"이기용이 만들 세상이 어떤 세상인지 모르는 이상, 나는 쉽게 동참할 수는 없을 것 같군."

"도망치시오. 이 자리에서. 난이 벌어지기 전에."

"나를 따르는 형제들이 지금 그 비무대에 남아 있는데 내가 어찌 등을 돌리겠어."

고한은 피식 웃으며 입을 열었다.

그리고는 걸음을 돌리면서 윤후에게 한마디를 더 덧붙였다.

"내 형제들을 데리고 도망치던 도망치지 않던 흑사방이 권력 싸움 사이에서 중요한 선택을 해야 하는 건 변함이 없어. 난…… 최대한 형제들을 살리기 위한 선택을 할 거다."

"이기용이 먼저 기세를 잡는 건 확실할 것이오. 그는 오래도록 이 거사를 준비해 온 듯하니. 하나 시간이 흐르면 또 어떻게 상황이 일변할지 알 수 없지."

"누가 이길지는 모르나 어찌 됐건 선택을 해야 한다, 이거군."

"그 칼끝에서 당신의 형제들을 미리 살릴 수 있을 준비를 위해 고민하는 시간을 조금은 일찍 말해 주는 것이 내겐 당신에게 해 줄 수 있는 유일한 일이오."

"고맙군. 이것으로 넌 내게 빚이 없다. 어디 한 번 살아남아서 네 목적을 이루길 빌지."

"……행운을 빌겠소."

윤후는 더 할 것이 없었다.

고한을 강제로 가지 말라 할 연유도 없었다.

고한은 고한 나름대로 최선의 선택을 한 것이었기 때문이다.

그렇게 방을 벗어난 고한과 함께 윤후는 지그시 눈을 감았다.

이제 곧 사마련 내부에 혈난이 벌어질 테고 자신은 그 폭풍 속에서 살아남아야 했다.

그리고 때가 됐을 때 형을 죽음으로 몰고 간 인물을 찾아내야 했다.

'곧 모습을 드러내야 할 것이다.'

이를 악다문 윤후의 눈빛에 이채가 흘렀다.

긴 하루가 될 것 같은 직감이 그의 뇌리를 스쳐 지나갔다.

# 4장

## 혈난의 불씨

─연원회(淵源會)를 비롯한 마동구가의 현 위치.


연원회는 마동구가에서 각기 나이가 들어 강호의 일에 염증을 느끼거나 혹은 업무를 보지 않는 노고수들을 모아 놓은 곳이다.

그들은 세월이 쌓인 만큼 원로 대접을 받으며 마동구가를 돕는 또 다른 큰 세력으로 성장했고, 이제는 마동구가를 좌지우지 하는 용벽수라는 인물의 배후에 서게 된 곳이기도 했다.

사마련의 의지의 근간은 이제 연원회로부터 시작된다 해도 과언이 아닌 셈이다.

그런 연원회의 비호를 받는 마동구가는 말 그대로 총 아홉 곳의 가문이다.

용벽수가 태상가주로 있는 마룡가를 포함해서 청빙백가(清氷白家), 천독사가(千毒師家), 육도지가(六刀之家), 검륜가(劍綸家), 토술마가(討術魔家), 환희방가(歡喜傍家), 멸절가(滅絶家), 사일궁가(死日弓家)가 2곳이다.

창, 도, 검, 궁의 각 병기가 특화된 가문을 비롯해 독, 술법, 기이한 기공을 절기로 가진 가문들은 대부분 그 수법이 사이하고 악독하다.

그들이 마(魔)라는 칭호를 달게 된 것 또한 그 수법이 잔인하고 악독하여 붙여진 것이기도 했다.

흑사방의 대표자였던 윤후의 불참은 자리에 모인 열 곳의 세력들을 비롯해 마동구가와 연원회에서 나온 사마련 수뇌까지 동요하게 만들기에 충분했다.

우승자로 예견되었던 그가 등장하지 않는 것에 의아함을 느낀 용벽수 또한 미간을 찌푸리고 있었다.

"흑사방주를 오라 하라."

"예, 아버님."

용태진이 고개를 끄덕였다.

그는 단상 위에 올라선 채로 고요한 좌중을 향해 입을 열었다.

"흑사방주는 지금 당장 연원회의 회주께 상황을 고하라!"

흑사방주는 아연실색 한 얼굴이었다.

연원회의 눈에 잘못 띄면 모든 것이 끝장이었다.

흑사방의 영역이 다른 세력권으로 이전될 수도 있었다.

그는 급히 자신의 곁에 선 고한을 빠르게 노려봤다.

"어찌 된 것이냐!"

고한은 대답 대신 고개를 저었다.

"놈이 보이지를 않습니다."

고한은 담담한 얼굴색이었다. 하지만 고한의 표정을 읽은 흑사방주는 이 모든 것이 고한이 벌인 음모라고 확신한 듯했다.

'네놈이 감히 나를 끌어내리려 해? 쉽게 되지는 않을 것이다.'

고한이 과거의 일로 인해 자신에게 역심을 품었다고 생각한 회주는 입술을 앙다물고 급히 단상 앞으로 신형을 날렸다.

발이 보이지 않게 단상 앞에 선 그는 오체투지 하

며 용벽수의 앞에 엎드렸다.

동시에 용벽수도 자리에서 일어나 용태진의 옆에 뒷짐을 진 채 섰다.

그의 치켜뜬 눈썹은 당장이라도 불호령을 내릴 듯 날카로워 보였다.

입을 덮은 붉은 수염을 쓸어내린 그가 나직한 목소리로 물었다.

"흑사방주는 어찌 생각하는가?"

"송구합니다. 금세 놈을 데려오겠습니다."

긴장감에 온몸이 위축된 흑사방주의 얼굴에는 두려움이 가득했다.

용서를 구하는 그의 애절한 목소리에도 용벽수의 표정에는 달리 변화가 없었다.

그저 냉엄한 눈빛으로 흑사방주를 내려다보고 있을 뿐이었다.

"흑사방은 사마련의 지엄한 법도가 어겨지기를 바라는가."

"그…… 그럴 리가 있겠습니까!"

"하면 누구의 목을 바침으로써 그 말을 증명하겠는가. 직접 하겠는가?"

용벽수는 탐탁지 않은 얼굴이었다.

그의 심기를 불편하게 한 게 틀림없었다.

흑사방주는 두려움에 몸을 파르르 떨면서도 빠르게 머리를 굴렸다.

흑사방주가 급히 용벽수를 향해 소리쳤다.

"놈을 데려온…… 것이 부방주입니다. 부방주의 목을 지금 당장."

흑사방주의 눈이 광기로 희번덕거렸다.

이어서 그가 날카로워진 눈동자를 치켜들며 말을 덧붙였다.

"바치겠나이다."

흑사방주의 발언에 흑사방 무리들이 웅성거리기 시작했다.

고한을 따르는 자들은 쉬이 말을 꺼내지 못하고 상황을 긴장된 낯빛으로 지켜보았다.

고한도 자신의 곁을 어느새 원처럼 둘러싼 형제들을 바라보며 입을 열었다.

"이미 예상한 일이었다. 비켜서거라."

"하지만 형님!"

부방주 밑에는 흑야오형(黑夜五兄)이 따른다.

그리고 고한을 따르는 다섯 명의 흑야들이 고개를 저었다.

지금 나가서는 안 된다고.

"내 목숨을 걸겠습니다."

흑야오형 중 가장 연장자인 백두가 팔을 걷어붙이고 나섰다.

고한이 백두에게 손사래를 쳤다.

"아서라."

동시에 고한은 백두의 어깨를 툭툭 두들기며 말을 덧붙였다.

"아우들 잘 챙기고. 혹여 불미스러운 일이 생긴다 하더라도 나서지 말아라."

"어찌…… 지켜만 보라고 하십니까."

"내가 네 형님이니까. 형의 말은 법 아니더냐."

"놈을 당장 잡아 오겠습니다. 모든 게 그 무량이라는 놈 때문에 벌어진 일이 아닙니까."

"그 때문이 아니다."

"하오면……."

"곧 벌어질 일 때문이지."

알 수 없는 소리를 하며 너무도 태연하게 앞으로

걸어 나가는 고한을 백두가 의아한 눈빛으로 응시했다.

고한은 머뭇거리지 않았다.

주춤한 기색 없이 앞으로 나섰다.

"……흑사방의 부방주 고한입니다. 용 회주님을 뵙게 되어 영광입니다."

고한은 무릎을 꿇었지만 가슴을 쫙 피고 당당한 눈빛으로 그를 바라보았다.

고한의 당당한 눈빛이 마음에 들지 않는 듯 용벽수의 눈동자에 이채가 흘렀다.

"그대가 목을 내놓겠나. 이 불미스러운 일에 책임지고?"

"원하신다면 그리하겠습니다."

담담히 상황을 받아들이는 고한을 흑사방주가 놀란 눈으로 찰나 간 쳐다봤다.

'놈은 나를 죽음으로 몰고자 함정을 판 것이 아니었단 말인가?'

흑사방주는 혼란스러웠다.

고한의 의도를 좀처럼 알 수가 없었던 탓이다.

반면 용벽수의 굳은 표정은 풀리지 않았다.

그는 고한에게 자비를 베풀 생각이 전혀 없는 듯 용태진을 향해 손을 까딱였다.

용태진이 곁에 시립하자 용벽수가 입을 열었다.

"가주께서 직접 목을 치게. 어찌 됐건 본련에 충성을 증명하고자 나선 자가 아니겠나."

"그러겠습니다, 아버님."

용태진은 용벽수의 말에 복종했다.

상하 관계가 확실한 그들의 관계만 보아도 연원회가 마동구가를 움직이는 중추라는 것쯤은 금세 예상할 수 있었다.

이윽고 용태진이 단상에서 내려와 허리춤에 매건 자신의 도의 도파를 손끝으로 쓸었다.

"마지막으로 남길 말은 없느냐."

"……흑사방주께 드리고 싶은 말이 있습니다."

"해 보거라."

고한은 느리게 고개를 돌려 오체투지 한 채 자신을 바라보고 있는 흑사방주에게 무겁게 입을 열었다.

"곧 방주의 천하가 뒤집힐 날이 올지도 모릅니다."

"무슨 말을 하는 게냐."

흑사방주가 의아한 눈빛으로 고한을 노려봤다.

고한은 대답 대신 다시 용태진을 올려다보며 눈을
지그시 감았다.

"그날이 오면…… 내 형제들의 목숨을 아껴 주십시
오. 그것이 내 마지막 부탁…… 입니다."

눈을 완전히 감은 고한의 머리 위로 용태진의 도가
노을 지는 빛을 받으며 번뜩였다.

짐승의 사나운 이빨처럼 생긴 용태진의 도는 시간
을 두지 않고 그대로 고한을 향해 떨어져 내렸다.

그 순간 어디선가 날아온 비도 한 자루가 공기를
가르고 쇄도했다.

살기를 느낀 용태진이 급히 도를 선회시켜 날아온
비도를 쳐 냈다.

펑—!

무거운 기가 실린 탓인지 용태진이 한 걸음 물러날
만큼 강력한 비도였다.

"감히…… 본련의 마당에서 내게 살의를 드러낸
자, 누구냐!"

장내가 술렁이기 시작했다.

사마련의 앞마당이나 다름없는 곳에서 적의를 드러
낸다는 것은 곧 죽음을 의미했기 때문이다.

무엇보다 사마련 하부 조직 열 곳이 있는 자리다.

정예들만 모여 있는 이곳에서 용태진과 싸운다면 수많은 고수들은 물론이고 수백의 인물들도 함께 상대해야 했다.

그런 위험한 도박을 하는 이가 누구인지 장내의 인물들은 궁금한 듯 빠르게 비도가 날아온 곳을 향해 시선을 돌렸다.

"……그만하시오."

곧 열 개의 하부 조직 정예들이 바다가 갈라지듯 양옆으로 갈라지자, 그 가운데로 날카로운 인상의 윤후가 모습을 드러냈다.

윤후는 이미 단단히 마음을 먹은 듯 결연한 눈빛으로 용태진 앞에 우뚝 멈춰 섰다.

"네놈이냐?"

"그렇소. 내가 그 비도를 던졌소."

윤후의 등장에 다시 눈을 뜬 고한의 눈에 놀람이 서렸다.

"어찌……."

"내가 당신에게 선택권을 준 건, 목숨을 던지라는 뜻에서 한 것이 아니었소."

"나는 내 선택을 했을 뿐이다."

"이런 식으로는 아니지. 살릴 수 있는 사람들을 살리는 게 당신이 할 일이오."

윤후는 고한과 짧은 대화를 마친 뒤 용태진을 담담한 눈길로 응시했다.

그러자 용태진이 재차 입을 뗐다.

"장본인이 왔으니 이제 진짜 목을 벨 자가 나타난 것이로군. 본련에 대항하기까지 했으니, 죄목은 굳이 얘기하지 않아도 알겠지."

용태진의 말에 윤후는 아무 대답도 하지 않았다.

그저 그를 뚫어지게 응시하고 있을 뿐이었다.

그리고 잠시간의 침묵이 흐른 뒤 윤후가 그제야 말문을 열었다.

"나는 어떠한 죄도 저지르지 않았소. 그저…… 피해야 할 일은 피하려 했을 뿐이오."

"어떤 말을 하던 네가 죽어야 한다는 것은 변함이 없다. 순순히 칼을 받겠느냐."

용태진의 목소리는 섬뜩했다.

그를 주축으로 이미 수십 명의 무인들이 튀어나왔다.

일견 보아도 연원회 혹은 마동구가를 따르는 정예 고수들인 게 틀림없었다.

각 가주들의 그림자들이나 다름없는 그들은 쉬이 범접할 수 없는 강한 기도를 품고 있었다.

무엇보다 호위대에 더해 사마련에 대표적 타격대 정예 무인들도 그들에게 힘을 보탰다.

연원회의 입김을 받는 대대들도 이 자리에 있었던 탓이다.

그러자 장내에는 금세 백여 명이 넘는 무인들이 병장기를 뽑아 들고 사방을 포위하고 있었다.

이내 윤후는 허리춤에 매달고 있던 검을 뽑아 들었다.

지금 이 순간 윤후의 머릿속에는 한 가지 생각밖에 없었다.

'도박이다.'

사실 이곳에 온 이유는 고한의 선택을 지켜보는 것도 있었지만 상황이 어떻게 돌아가는지 정확하게 파악하고 싶어서였다.

하지만 변수가 생겼다.

흑사방주가 고한에게 모든 걸 뒤집어씌웠을 뿐 아

니라, 고한이 자신 때문에 목숨을 잃을 지경에 처한 것이다.

난을 일으키는 이기용을 기다려 보려 했다.

그가 등장하면 혼란에 빠질 테고 그 틈에 고한을 비롯해 고한을 따르는 자들을 빼내면 되니까.

하지만 이기용은 나타나지 않았고, 윤후는 더 이상 보고만 있을 수가 없었다.

설사 이 일 때문에 더 이상 형에 대한 의문을 풀지 못하더라도 그냥 지나칠 수는 없다고 생각했다.

형도 그러길 원치 않을 테니까.

하여 윤후는 장내에 모습을 드러냈고 이젠 하늘의 운에 상황을 맡기고 있었다.

얼마 동안이나 버티고 있을지는 확신할 수 없었다.

그저 이기용과 이번 반란을 주도할 인물들이 이곳을 덮치면 그때의 흐름에 맡길 생각이었다.

만약 그들이 때를 놓치고 오지 못한다면.

'나 또한 이곳에서 끝이겠지. 그게 내 운명이라면……'

"받아들이는 수밖에."

목구멍까지 차오른 말을 어렵사리 내뱉은 윤후의

눈동자가 새빨갛게 타오르기 시작했다.

아주 잠시 붉게 물들었다 본래의 색으로 돌아온 윤후의 신형이 벼락처럼 용태진을 향해 쇄도했다.

"네게 본련의 두려움을 보여 주마. 아무도 나서지 말라."

쇄도하는 윤후를 바라보는 용태진의 검은 머리가 끝단부터 조금씩 붉어지기 시작했다.

마치 머리가 불에 타오르는 듯 화염이 뒤덮인 머리는 이내 붉은 머리로 변해 있었고, 동시에 용태진의 손에 잡힌 도에도 붉은색 유형화된 기운이 용태진의 팔목까지 감싸고 있었다.

마동구가의 대표적 가문이자 가장 강력한 세력을 지니고 있는 마룡가 가주의 기운이 눈 깜짝할 새 사방을 뒤덮었다.

그가 흘려 내는 기도에 제대로 서 있지도 못하는 이들도 속출했다.

위압적인 용태진의 기압(氣壓)에 눌린 탓이다.

마룡가의 절기 화구마룡(火丘魔龍)의 위용이었다.

마룡의 불꽃 무덤이라는 절기의 명칭만큼 용태진의 도 끝에서 줄기줄기 뻗어 나오는 붉은 강기들은 불꽃처럼 뜨거웠고 결코 사그라지지 않을 듯 강맹했다.

윤후도 있는 힘껏 기를 끌어 올려야 했다.

태정태도로부터 피어오른 생기가 전신을 타고 흘렀다.

이제부터 시현전신류의 핵심 시현구월이 나타날 때가 됐다.

월양쌍륜검이 없는 불리한 입장에 있는 것은 확실했다.

하지만 목숨에 경각이 달해도 월양쌍륜검을 꺼내들 수는 없었다.

월양쌍륜검을 드러낸 순간부터 숨겨 둔 패를 꺼내놓은 셈이 되어 버리는 탓이다.

지금은 그럴 때가 아니었다.

하지만 이런 악화된 상황 속에서 윤후가 기댈 수 있는 희망 한 가지는 있었다.

바로 시현전신류는 상대하는 이가 강하면 강할수록 더 증폭된 기운을 일으킬 수 있는 기공이라는 점이었다.

무엇보다 이곳 사마련까지 윤후가 발걸음을 하는 동안 치러 왔던 피비린내 나는 전투들은 윤후의 시현전신류를 더 윤후에게 맞게 변화시켰다.

이제 시현전신류는 한층 더 성장했다.

동시에 시현구월이 영문을 열었다.

시현구월을 통해 열린 영문으로 외부에 잠들어 있던 신들을 깨웠다.

지금의 윤후에게는 애매한 힘을 가진 신들은 다가오지 않는다.

먹고 먹히는 신들의 아귀다툼 속에서 살아남은 진짜배기 영기를 가진 신들만이 윤후의 상단전에 문을 두들길 뿐이었다.

그리고 그 신들이 응축되어 윤후의 상단전에 신장처럼 자리를 잡으면 윤후는 두 눈은 좀 더 넓은 세상을 보게 된다.

투시를 하듯 인간의 소우주를 넘어 인간을 포함한 대우주, 영적 세상으로의 길이 눈앞에서 열리는 것이다.

"끄읍……."

윤후의 두 눈이 붉게 충혈 되기 시작했다.

인간의 몸으로서 영적 세상을 보는 것이 분명 상단전에 무리가 가는 일인 탓이다.

하나, 윤후는 늘 그렇듯 침착하게 다음 단계로 넘어갔다.

태정태도와 시현구월이 균형을 잃지 않고 운기 되기 시작하자 그가 다음으로 한 일은 나찰을 불러내는 일이다.

윤후의 생각이 이어지자 이미 나찰은 삼안을 빛내며 그의 앞에 서 있었다.

유형화된 나찰이 씩 웃음을 머금었다.

나찰이 가져온 지옥의 붉은 열기가 윤후의 피부에 진짜처럼 느껴졌다.

아니, 이 순간만큼 나찰이라는 신은 진짜였다.

윤후가 두려움을 인정하고 그 두려움을 기반으로 더 큰 의지라는 둑을 쌓을 때 시현전신류는 강해진다.

나찰을 인정하고 그를 받아들일 준비가 된 순간 윤후는 더 큰 힘을 내게 되는 것이다.

지금처럼.

어느새 윤후의 손에 이끌리듯 수십 자루의 병장기들이 허공에 날아들었다.

갑작스런 허공섭물에 놀란 무인들이 눈을 부릅뜬 사이, 윤후는 자신의 주변으로 방패처럼 허공을 둘러싼 병장기들과 함께 용태진에게 쇄도했다.

용태진도 급히 화구마룡의 절초를 뽑아냈다.

마룡이 숨결이 묻어 나온 듯 붉은 화염으로 유형화된 강기들이 쏟아지는 병장기들을 채찍처럼 쳐 냈다.

펑―!

하지만 병장기들은 윤후의 전신을 마치 회오리처럼 둘러싼 채 쉬이 튕겨 나지 않았다.

더욱 촘촘하게 엮이며 화구마룡의 절초들을 쏟아 내는 용태진의 기압을 뚫고 앞으로 나아가기 시작했다.

펑―!

그 와중에 불꽃 강기에 휩쓸려 산산조각 나는 병장기들도 있었으나 여전히 병장기들에 둘러싸인 윤후의 모습은 쉬이 용태진의 앞에 드러나지 않고 있었다.

이쯤 되자 용태진의 얼굴에도 노기가 감돌았다.

금방 처리할 수 있는 놈이라 생각했으나 윤후의 저항이 만만찮았던 탓이다.

아니 용태진은 인정해야 했다.

오랜만에 눈앞에 호적수가 나타났음을.

'대체 네놈의 정체가 무엇이냐……'

용태진은 빼어 든 도를 일자로 찔러 가며 두 발을 땅에서 뗐다.

섬전처럼 쏘아진 용태진을 따라 병장기들에 둘러싸인 채 전진하던 윤후도 허공으로 기다렸다는 듯 날아올랐다.

윤후가 허공에 떠서 허리를 꺾어 돌자 윤후의 주변을 둘러싸고 있던 병장기들이 마치 잉어의 비늘처럼 줄지어서 겹쳐졌다가 하나의 커다란 검의 형상으로 변했다.

그사이 용태진의 도가 윤후의 가슴팍 바로 앞을 스쳐 지나갔고 윤후는 방향을 선회해 오른발로 용태진의 어깨를 뒤꿈치로 내리찍었다.

절묘한 각법이었다.

용태진이 좌수를 치켜들어 윤후의 각법에 대항했다.

그의 쫙 펼쳐진 손바닥이 윤후의 뒤꿈치와 닿자마자 기파가 터져 나왔다.

펑―!

기파가 터지자 둘 모두 기의 폭발에 몸의 균형이 흐트러졌다.

하지만 그들은 그 찰나 간에도 빠르게 평정을 되찾아 서로의 빈틈을 노렸다.

윤후는 땅에 착지하는 그 잠깐의 시간 동안 태정태도를 바탕으로 흘려 낸 진기로 끌어온 병장기들을 마치 거미줄처럼 용태진을 향해 있는 힘껏 펼쳤다.

용태진도 뒤로 밀려나는 것과 동시에 도의 방향을 틀어 응축시킨 강기를 일으켰다.

용태진이 응축한 강기의 위력은 경악스러웠다.

그의 강기가 지나간 자리는 불기둥이 지나간 듯 새까맣게 타들어 갔다.

어느새 윤후의 코앞까지 당도한 강기는 당장이라도 윤후를 집어삼킬 듯한 화마(火魔)로 이글거렸다.


시현전신류(示現電神流),

육련(六練) 전신무려(電神舞麗).


눈을 부릅뜬 윤후가 허공에 떠올라 커다란 검의 형상을 만들어 냈다.

서로 붙어 있던 병장기들이 일제히 용태진을 향해 유성우처럼 떨어져 내렸다.

하지만 그냥 떨어지는 것이 아니었다.

전신무려는 영기와 내기가 부딪치는 파동으로 생겨나는 충돌의 힘이다.

충돌의 힘을 월양쌍륜검과 같은 보검은 견딜 수 있어도 이런 병장기들은 늘 그렇듯 강한 기들을 머금은 채 날카로운 병기가 되어 암기처럼 조각조각 퍼져 간다.

고요한 호수에 돌을 던진 것처럼, 수많은 병장기들이 만들어 내는 파동은 용태진에게도 결코 만만치 않은 공세였다.

쾅—!

거대한 폭발이었다.

병장기들이 일제히 깨지며 수십 개의 날카로운 조각들로 변해 용태진에게 떨어지며 폭발하는 건 장관이나 다름없었다.

반면 윤후도 용태진의 강한 저항에 부딪쳐 크게 뒤로 물러나야 했다.

용태진이 쏘아 보낸 적염(赤炎)의 타오르는 강기가 윤후의 전신을 뒤덮은 탓이다.

시현구월과 태정태도를 있는 힘껏 운기해서 진기가

전부 빠져나가 버린 윤후에게는 용태진의 일격을 방
어할 만한 여유가 없었다.

뜨거운 화염이 윤후의 폐부를 타고 깊게 들어왔다.

"끄흡!"

윤후는 빠르게 숨을 들이키며 마지막 남은 한 자루
검을 던졌다.

대신 전신에 태정태도의 기운을 끌어올리기 시작했
다.


시현전신류(示現電神流),

이련(二練) 와섬월벽(渦閃越霹).


나선형의 회오리가 윤후의 검을 시작으로 그의 전
신을 둘러 감쌌다.

순수한 영기의 집약체는 내기를 거부한다.

내기 또한 마찬가지.

윤후는 자신의 몸에 전부 내기를 둘렀다.

그리고 그 두른 내기 위로 영기를 둘렀다.

동시에 내기가 빠르게 회오리치며 팽창하기 시작했
다.

영기를 거부하는 작용을 시작한 것이다.

영기도 내기와 부딪쳐 가며 서서히 그 넓이를 넓혀 가고 운후에게 쇄도한 불어 닥친 화염 강기가 마침내 그의 전면으로 충돌했다.

펑—!

와섬월벽이 자아낸 기파는 마치 파도처럼 사방으로 퍼져 나갔다.

고수들은 급히 호신강기를 끌어 올렸고, 실력이 얕은 자들은 기에 밀려 혼절하거나 혹은 그 자리에서 절명했다.

사방에는 둘의 충돌로 인해 수많은 땅바닥이 움푹 파여 있었고, 먼지바람이 사방팔방으로 불어 닥쳤다.

스스스스스……

먼저 먼지바람 속에서 모습을 드러낸 것은 용태진이었다.

그가 입고 있던 청포는 이미 형체가 전혀 예상되지 않았다.

옷이 찢겨진 자리에는 시퍼런 멍이 들어 있었고 피가 흘러나오고 있었다.

하지만 그는 아직 태연히 허리를 꼿꼿이 세운 채

자신의 도를 쥐고 있었다.

"역시…… 마룡가."

기의 폭발 속에서 겨우 버텨 낼 수 있었던 고한이 경악에 가득한 얼굴로 상황을 주시했다.

사실 고한은 윤후가 나설 때만 해도 상황이 이렇게까지 악화일로를 걸을 거라고는 생각지 않았다.

도리어 윤후가 시간을 끌고 있다는 예상이 섰었다.

윤후의 실력이 용태진을 상대할 자격이 되지 않는다고 생각했던 탓이다.

그런데 지금은…….

'대체 정체가 뭐지?'

이만한 실력자였다면 결코 별호가 없을 리 없었다.

대단한 명성을 가진 자들이 지니고 있을 만한 실력이었다.

강호는 고수들의 실력을 대강 기압으로 예상, 판단하곤 한다.

각자의 영역이자 상대와의 간격을 얼마나 유지할 수 있는지의 여부에 따라 실력의 차이가 나는 까닭이다.

일보백변(一步百變)—한 걸음 간격 안에 백 가지

변화를 꾀한다─에 이른 이들을 강호에서는 백두(伯頭)라 한다.

일가를 이룰 만큼의 경지에 올랐다는 말이기도 하다.

우두머리라는 글자가 붙는 이유이기도 했다.

기의 운용의 다양함을 추구할수록 경지를 높게 평가받는다.

적어도 고한이 판단하기에 용태진과 윤후의 실력은 전부 일보백변을 넘어 이보천변(二步千變)에 이르렀다.

소위 말하는 절정을 뛰어넘은 경지, 초절정인 셈이다.

초절정을 심연곤붕(深淵鯤鵬)이라고도 한다.

"심연곤붕."

일명 화경의 전입(前入)이라 불리는 초절정의 경지를 일컬어 심연곤붕이라 하는 것은 곤붕이 심연 속에 잠들어 있다 하는 말에서 시작됐다.

어찌 보면 지금과 같은 상황을 두고 하는 말일지도 몰랐다.

지금껏 심연 속에 모습을 감추고 있던 곤붕이 조금

씩 움직이기 시작한 것처럼.

"놈이 살아 있다!"

누군가의 입에서 터져 나온 외침과 함께 고한의 시선도 빠르게 돌아갔다.

먼지 폭풍 속에서 윤후 또한 서서히 모습을 드러내 갔다.

긴 장발을 묶고 있던 윤후의 머리는 이미 사방팔방으로 흩날리고 있었다.

이마에 동여매고 있던 영웅건은 이미 찢어져서 나풀거리고 있었고 그의 양손에서는 붉은 핏물이 뚝뚝 떨어지고 있었다.

하지만 나풀거리는 머리카락 사이로 드러난 눈빛만큼 여전히 오연했다.

반면 용태진은 숨죽인 정적 속에서 아무런 미동도 보이지 않았다.

신장처럼 눈을 부릅뜨고 우두커니 선 채 굳어져 있었다.

그리고 이내 조금씩 그의 가슴이 벌어지기 시작했다.

가슴에서 흘러나오기 시작한 붉은 핏방울은 서서히

시간이 갈수록 더 깊은 상처를 뚫고 튀어나오고 있었다.

'쓰러진다. 그가…… 쓰러지고 있어.'

사마련의 기둥이자 마룡가의 가주라는 거목(巨木)이 쓰러지고 있었다.

그가 여전히 숨을 쉬고 있는지 여부는 알 수 없었다.

누구도 그의 주변으로 가까이 다가가지 못했다.

기의 폭풍으로 인해 반쯤 무너진 단상 위에 균형을 잃지 않고 서 있던 용벽수가 그제야 침묵을 깼다.

"감히……."

쐐액—!

용벽수의 신형이 허공을 날아올랐다.

그가 기울어진 단상을 벗어나 용태진의 곁에 다가가 한쪽 무릎을 꿇었다.

용태진의 팔목을 잡고 맥을 짚은 그는 태연한 표정으로 다시금 자리에서 일어났다.

"마대!"

체격이 다부진 사각턱의 무인이 급히 용벽수 앞에 부복했다.

무인들 사이에서 가장 수장 격으로 보이는 자였다.

"아직 숨이 미약하게나마 붙어 있다. 가주를 반드시 살려라."

"회주님의 명을 받듭니다."

마대는 급히 용벽수를 안아 들고는 빠르게 사라졌다.

그러자 천라지망이나 다름없는 포위망이 다시 재정비되었다.

그리고 그 바깥으로 수백 명이 넘는 하부 조직의 정예 무인들도 함께했다.

용벽수의 명령으로 나서지 않았지만, 용벽수가 쓰러진 이상 그들의 눈에 윤후라는 존재는 반드시 죽여야 할 필생의 적이나 다름없었던 까닭이다.

윤후는 입안에 고인 침을 뱉으며 자신의 양 소매를 두 손으로 동시에 찢었다.

이어서 그는 태연하게 소매들로 핏물이 떨어지는 손목들을 동여매고는, 느리게 고개를 치켜들었다.

"어이……."

잔뜩 지친 기색이 역력하고 탁한 목소리가 장내의 이목을 집중시켰다.

"검 한 자루는 주지 그래."

계속 싸우겠다는 그의 굳은 의지에 용벽수의 입가에 싸늘한 미소가 서렸다.

"간이 배 밖으로 나와도 한참 나온 놈이로구나."

용벽수의 붉은 수염이 파르르 떨렸다.

그의 표정은 변함없이 태연했으나, 그의 눈빛은 이미 혹한에서 불어온 바람처럼 차갑기 짝이 없었다.

윤후도 그의 눈빛에 마른침을 삼키려다 이내 헛기침을 했다.

헛기침 속에 묻어 나온 각혈이 땅바닥에 떨어지자 윤후는 찢어진 소매로 대강 입을 쓸어 닦았다.

"네놈이 원한다면 검 한 자루쯤은 내어 주마."

용벽수가 손을 까딱이자 땅바닥에 널브러져 있던 검 한 자루가 그의 손에 이끌려 허공에 떠오르기 시작했다.

하지만 용벽수는 검을 순순히 윤후에게 내주지 않았다.

오히려 허공섭물에 떠올라 있던 검은 날카로운 기세로 윤후를 향해 쇄도했다.

윤후는 급히 발바닥 밑에 진기를 흘려보냈다.

용천혈에 닿은 뜨거운 태정태도의 기운이 흐르자마자 윤후의 신형이 검을 피해서 뒤로 빠르게 물러났다.

그는 다섯여 걸음의 거리를 마치 공간을 통과해 건넌 듯 육안에 보이지도 않을 만큼 빠르게 움직였다.

하지만 놀라운 것은 검은 마치 윤후와 영혼이라도 이어진 것처럼 윤후가 움직이는 것만큼 더 빨라진 속도로 윤후의 정면으로 짓쳐들어오고 있었다.

윤후가 물러날수록 검의 속도는 더욱 거세졌고 결국 그가 택할 수 있는 방법은 단 한 가지뿐이었다.

쌍장을 통해 기를 내뻗는 것.

윤후는 다급히 피가 흐르는 손목에 시현구월의 영기를 덧씌웠다.

좌수월전(左手月傳) 우수양간(右手陽根)에 의해 좌수로부터 흘러나온 영기가 그의 오른 손목을 감싸 안았고 이어서 오른손 손바닥에서 뻗쳐 나온 내기가 반대편 왼 손목을 감싸 안았다.

그리고 두 손목이 비틀린 십자(十字)로 교차했다.

영기로 덧입혀진 오른 손목은 전방으로 그리고 오른 손목의 맥 뒤로 겹쳐진 내기로 둘러싸인 왼 손목은 후방에 밀착시켰다.

"용린월강."

이윽고 윤후의 메마른 입술에서 흘러나온 초식명과 함께 지금껏 뒤로 빠르게 물러나던 윤후의 몸이 갑작스레 앞으로 기울어졌다.

잇달아 쇄도하던 철검이 윤후의 미간에 닿을 듯 가까워진 순간 비틀린 십자 형상으로 교차되어 밀착됐던 윤후의 두 손목이 엇갈리며 떨어졌다.

단순히 엇갈리듯 떨어진 것이 아니었다.

영기와 내기를 한 자리에 모아 두었다가 충격을 주면서 뒤섞은 것이다.

펑—!

영기와 내기가 날아오는 검을 향해 반월 모양으로 쏘아졌다.

윤후의 코끝까지 당도했던 검 앞으로 들이닥친 두 기운은 이내, 날아오던 검의 진로를 막으며 부딪쳤다.

펑—!

이어지는 기의 폭발과 함께 윤후가 사방으로 퍼지는 기파에 떠밀려 땅바닥을 볼썽사납게 나뒹굴었다.

하지만 용벽수가 날린 검은 윤후의 일격에 의해 다행히도 바닥에 떨어져 있었다.

용벽수는 방금 전 싸움으로 피어오른 먼지 속에서 느린 걸음을 떼기 시작했다.

그는 기의 충돌로 인해 절반이 부러진 검을 집어 들고는 윤후를 향해 걸어갔다.

"쯧쯧, 의복이 더러워졌구나."

그는 먼지로 탈색된 윤후의 무복을 보며 혀를 찼다.

그의 표정에서는 어떠한 긴장감도 느껴지지 않았다.

용벽수는 아들인 용태진의 목숨이 위태로울 것이 빤한데도 아직 흔들리지 않았고 굳건한 표정을 보였다.

윤후는 그가 그렇게까지 태연한 신색을 유지하려는 이유를 대강은 짐작했다.

"당신이…… 굳건하다는 걸 보여야 당신의 권력이 유지될 테지."

윤후가 피식 웃으며 자리에서 비틀거리며 일어났다.

사실 이미 윤후도 이미 더 끌어 올릴 진기는 무척이나 적었다.

그나마 티끌처럼 몸속에 남아 있는 진기란 진기를 시간을 끌며 조금씩 모으는 중이었다.

단 한순간.

목숨이 경각에 달할 때 쳐 내기 위한 준비 태세였다.

윤후는 뒤로 물러서지 않고 비틀거리며 일어났다.

용벽수는 윤후를 둘러싼 수하들을 향해 넌지시 입을 열었다.

"가주의 명은 고결하고 절대적이다. 나는 가주를 잠시 대신해 이 자리에 있는 것이고, 너희들은 가주의 뜻대로 결코 그 자리에서 움직이지 말라."

용벽수는 용태진처럼 수하들의 개입을 막았다.

용태진을 존중하기 위한 나름의 계산이 깔린 명이었다.

그의 뜻대로 사마련의 고수들이 만든 원의 가운데에 남은 것은 오롯이 윤후와 용벽수 뿐이었다.

용벽수는 부러진 검을 이리저리 움직이며 윤후의 주변을 산보하듯 걸었다.

윤후는 입안에 고인 핏물을 뱉으며 자신의 주변을 빙빙 도는 그를 향해 쇳소리와 같이 거친 목소리로 입을 열었다.

"······나를 죽여 마룡가의 자존심을 세우려 그리 명령했다면 차라리 거두는 게 나을 거요."

발걸음도 쉬이 떼지 못할 만큼 상태가 위중해진 와중에도 윤후의 눈빛은 여전히 당당하고 태연했다.

태연한 그의 얼굴을 마주한 용벽수의 눈에 의아함이 감돌았다.

"너는······ 뿌리가 있는 놈이군. 대체 어디서 네놈이 굴러 들어온 것이냐. 흑사방에서 너 같은 놈을 키웠다는 건 어불성설. 네놈이 이곳에 나타난 목적을 말하거라. 본련의 전복을 꾀하려 한 것이냐? 숨어들어 무엇을 하려 했더냐?"

용벽수는 윤후의 내심을 밝히기 위해 그를 도발하고 떠보았다.

윤후는 아무 말도 하지 않았다.

그저 침묵을 지킨 채 용벽수를 응시할 뿐이었다.

용벽수도 윤후가 쉬이 입을 열지 않을 거라는 것을 예상한 듯 덤덤히 미소를 머금었다.

"이곳에서 살아나갈 수 없다는 걸 알면서도 이자를 구했다라······. 네놈에 대해 점점 알고 싶어지는 것이 많아지는구나. 우선 네놈의 팔 다리를 하나씩 잘라 본가를 비롯해 사마련을 욕보인 대가를 받아야겠다."

웃음을 씩 머금은 그의 눈에 세월의 주름살이 접혔다.

윤후는 다가오는 그를 보며 마른침을 삼켰다.

도박 같은 일이었다.

자신이 나서서 시간을 끄는 사이 이기용을 위시한 무리들이 나타나기를.

그리 된다면 두 가지 토끼를 모두 얻을 수 있을지 모른다고 생각했던 것이다.

'……이젠 한 걸음 내딛을 힘도 없다.'

한줌의 진기조차 없었다.

영기를 끌어낼 만큼의 정신력도 남아 있지 않았다.

그저 시야가 점차 흐릿해지며 어두워질 뿐이었다.

"그만!"

점차 다가오던 용벽수를 향해 기꺼이 몸을 내던진 것은 바로 고한이었다.

고한과 그를 따르는 흑사방의 무리들은 이미 윤후를 둘러싸고 있던 정예 무인들 사이에서 빠르게 튀어나와 윤후를 가운데 두고 병장기를 뽑아 들었다.

"이 이상은 갈 수 없으십니다."

고한은 용벽수의 앞에 결연한 눈빛을 보이며 섰다.

고한과 함께 윤후를 지키고자 선 무리들이 전부 각자의 용벽수와 대치 상태를 이루고 있었다.

하지만 커다란 원형진을 세운 채 병장기를 들고 있는 사마련 무리들의 숫자는 수백의 숫자를 이루고 있었다.

하부 열 개 조직의 정예들과 마동구가의 고수들을 호위하는 호위 조직들의 기세는 하늘을 찌를 듯 높았다.

고한은 새삼 온몸을 짓누르는 따가운 기세를 몸으로 감내하며 마른침을 삼켰다.

사실 완전히 기운을 개방하지 않은 용벽수의 기운만 해도 벅찼다.

고한은 가빠지고 있는 숨을 고르게 조절하면서 입을 열었다.

"……감히 흑사방의 졸개가 나를 막겠다? 네놈은 지금 사마련을 부정하고자 하는 것이냐."

"사마련을 부정하고자 하는 것이 아닙니다."

고한은 기세에 짓눌려 입술을 앙다물면서도, 잇새

사이로 힘겹게 말을 덧붙였다.

"이자는 저를 위해 몸을 던졌습니다. 저는 그 빚을 갚아야 합니다. 그것이…… 지금 제가 회주님의 앞을 가로막은 이유입니다."

고한이 입고 있던 장포가 동시에 펄럭였다.

그러자 고한의 양 소매에서 숨겨져 있던 비도 두 자루가 양손에 잡혔다.

목숨을 건 듯 결연한 태도의 고한을 보며 용벽수의 입가에 새겨진 미소가 점점 짙어져만 갔다.

새로운 눈엣가시가 튀어나왔음에도 불구하고 용벽수는 여전히 자신의 수하들에게 나서지 말라는 명을 고수했다.

용벽수가 이윽고 한 걸음을 다시 내딛었다.

그리고 그의 신형이 잔상만을 보이며 사라졌다.

고한은 아무것도 할 수가 없었다.

이미 고한의 등 뒤 허공에 모습을 드러낸 용벽수는 공간과 공간 사이를 뛰어넘은 것 같은 움직임을 보이면서 벼락처럼 나타났다.

고한의 실력으로는 상상조차 할 수 없는 움직임이었다.

그 순간 고한이 소리치며 윤후를 향해 달려갔다.

"시작해!"

고한의 말이 떨어지기 무섭게 쓰러져서 제대로 몸도 가누지 못하고 있는 윤후의 몸 위로 고한의 수하들이 빠르게 겹쳐지기 시작했다.

인체의 벽을 만들려는 듯 그들은 애초에 용벽수를 막아 낼 수 없다는 사실을 이미 인정하고 단 한 번의 일격이라도 윤후를 지켜 주려고 한 것이다.

쐐액—!

어느새 용벽수의 손에 잡힌 도가 매섭게 떨어졌다.

허공섭물로 용태진이 놓고 간 마룡도를 집어 든 것이다.

도가 휘둘러질 때마다 방패막이로 윤후를 끌어안은 이들이 지푸라기처럼 떨어져 나갔다.

금세 차가운 시신이 되어 버린 형제들을 느끼며 가장 안쪽에서 윤후를 끌어안고 있던 고한이 자신을 뚫어지게 응시하는 윤후에게 나지막이 속삭였다.

"괜찮아질 거다."

고한은 마치 친아우에게 이야기하듯 아무렇지 않게 웃었다.

사람의 방패 안에 갇히듯 보호받게 된 윤후는 그들의 희생에 아무 말도 할 수가 없었다.

"이러지 않아도 됐소. 정말 이러지 않아도……."

말을 어렵사리 꺼낸 윤후는 자신의 얼굴 위로 뚝뚝 떨어지는 핏물을 받으며 눈을 질끈 감았다.

이기용은 나타나지 않았다.

만약 그가 고한이 희생한 시간 동안에도 반란을 일으키지 않는다면 윤후의 계산은 모두 틀린 것이나 다름없었다.

하지만 이 와중에도 윤후는 후회하지 않았다.

그저 아쉬울 뿐이었다.

좀 더 신중하지 못했던 자신이.

동시에 희생당하지 않아도 됐을 이들이 자신 때문에 몸을 던지고 있다는 사실이 윤후는 괴로웠다.

형의 죽음이 다시 떠오르는 이 순간, 윤후는 자신의 무기력함에 눈시울이 붉어졌다.

"쯧쯧."

용벽수는 일부러 시신을 한 구씩 베어 나갔다.

더 잔인할수록, 이 자리에 있는 이들이 마룡가를 또는 마동구가의 위세에 겁을 먹을 것이라고 생각한 탓이었다.

공식적인 사마련의 일인자는 아니었으나 련주가 계속해서 침묵을 지키고 있는 지금에 있어서는 사마련의 주인을 맡을 이는 자신밖에 없다고 생각하는 용벽수였다.

아니, 이미 그러기 위한 움직임은 진즉부터 시작됐다고 해도 과언이 아니었다.

이기용은 실질적인 권한이 사마련에서는 없다고 할 만큼 유명무실해졌고, 대부분의 중요 직위에는 마동구가의 인물들이 앉아 있었다.

용벽수는 결코 이들을 쉬이 봐줄 생각이 없었다.

"살아 있는 것이 곧 지옥이 될 것이다. 나와 맞선 것은 곧 사마련과 맞선 것이니."

마침내 윤후를 보호하고 있던 고한의 수하들이 전부 싸늘한 시신이 되어 사방에 널브러졌다.

고한은 윤후를 꽉 끌어안은 채 용벽수를 응시했다.

"……아직 사마련에게 반한 적은 없습니다. 마지막으로 내 목숨을 거둬 가시고 이자에게 자비를 베푸십시오, 회주님."

고한은 윤후의 목숨을 구걸했다.

사실 고한이 이렇게까지 나올 것이라고 윤후는 예상하지 못했다.

　윤후는 고한을 위해 나서면서도 그가 자신을 위해 수하들의 목숨까지 내던질 거라고는 생각지 못했던 것이다.

　고한은 윤후의 심경을 여러모로 복잡하게 만드는 인물이 되어 버렸다.

　윤후는 마른침을 삼키며 고한의 팔을 꽉 잡았다.

　발걸음 한 번 떼는 것이 고통스러운 상황에서도 윤후는 고한을 붙잡고 비틀거리며 다시금 일어났다.

　여전히 눈빛이 살아 있는 윤후를 바라보며 용벽수의 눈썹이 잠시 꿈틀거렸다.

　"네놈의 생각은 조금 다른가 보구나."

　"구걸해 봐야 소용없다는 것을 아니까."

　윤후는 고한의 품에서 떨어진 그는 자신을 붙잡으려는 고한을 향해 입을 열었다.

　"이곳에서 죽는 건 당신뿐이 아닐 것이오. 그러니 나를 막지 마시오. 죽는 순간까지 난 싸우다 죽을 테니까."

　윤후는 그 말과 함께 용벽수의 손에 시신이 되어

버린 고한의 수하들을 둘러보았다.

희생당할 필요가 없는 자들이었다.

윤후는 어쩌면 자신이 쫓아온 배후 인물이 용벽수일지도 모른다는 확신이 짙어지고 있었다.

아들이 쓰러졌음에도 눈 하나 깜짝하지 않는 무심함.

더욱이 사마련을 지배하는 자신의 권력을 위협했을 때 나타나는 잔인무도함까지.

그는 충분히 군무맹과의 전쟁을 자신의 이득을 위해 일으킬 만한 인물이 되기에 부족함이 없었다.

무엇보다 그는 적발이었다.

윤후가 쫓은 가장 큰 증좌.

'이 인피면구가 벗겨지면 그때야 날 알아볼까, 네놈은?'

윤후는 이글거리는 눈동자로 용벽수를 바라보았다.

용벽수는 윤후를 마주 보다 문득 윤후의 내심을 꿰뚫은 듯 넌지시 물어 왔다.

"네놈의 분노는 꽤나 오래 갇혀 있었구나. 너는 나를 오래전부터 알았던 것 같은데. 맞느냐."

"내가 굳이 말도 안 되는 이야기에 일일이 대답할

필요는 없겠지."

윤후는 용벽수의 말을 대놓고 무시하며 그를 도발
하듯 이야기했다.

하지만 용벽수는 쉬이 도를 휘두르지 않았다.

그저 윤후를 지켜보며 웃고 있을 뿐이었다.

그는 마치 윤후를 베기 전까지 그를 최대한 비참하
게 만들려고 작정한 것처럼 보였다.

윤후는 고한을 응시하며 입을 열었다.

"원치는 않았지만 어찌 됐건 이런 상황을 만들어
버린 나를 용서하시오."

고개를 숙이는 윤후의 말에 고한이 쓰게 웃었다.

"어찌 너의 잘못이겠나. 운명의 파도에 휩쓸린 것
을. 나도 이제 따라갈 길 아니겠느냐. 내 운명이 여
기서 끝난다면 그리 될 수밖에."

고한은 자신을 두고 떠나 버린 수하들을 회한 젖은
눈으로 바라보며, 담담한 눈길이 용벽수를 향했다.

이미 윤후와 고한 두 사람을 제외하고 사방에는 적
의로 가득한 눈동자들만 가득했다.

수백이 넘는 인파들 중에 아군은 없었다.

오로지 적의로 가득한 인해(人海).

적의 바다 속에서 두 사람은 서로에게 기댈 수밖에 없으리라.

윤후는 고한의 눈빛에 고맙다는 듯 고개를 까딱이고는 시신들 속에서 철검 두 자루를 다시 집어 들었다.

양손에 철검 두 자루를 쥐는 것도 지금 윤후에게는 버거웠지만 그는 기어코 검들을 쥔 채 용벽수에게 다가가기 시작했다.

미약한 힘을 가진 윤후의 반항이 지켜보는 이들에게는 전혀 이해가 되지 않았지만 고한의 눈동자에는 이미 눈물이 고이고 있었다.

"보이는가! 그대들의 적의 속에서도 걸어가는 이가! 저 사내야말로 그대들이 그토록 바라는 진짜 무인의 표상일 것이다! 힘에 떠밀려 끊임없이 강한 자들의 개가 되는 노예들이여."

고한은 애초에 자신의 목숨까지 바침으로써 마지막까지 용벽수의 자비를 바랐다.

윤후라도 살려 보자는 심산에서였다.

하지만 윤후의 기개는 결코 꺾이지 않았고, 그는 고한의 도움을 바라지 않았다.

그 속에서 고한은 한 가지를 깨달았다.

어떠한 힘에도 굴복하지 않고 원하는 것을 위해 나아가는 것이 자신이 항시 원했던 모습이었다는걸.

"너무 늦게 다시금 깨달은 게지. 고맙다."

고한은 걸어가는 윤후의 뒷모습을 바라보며 짙게 미소를 머금었다.

용벽수는 고한의 외침을 듣고 나서는 생각이 바뀌었다.

윤후의 모습이 결코 강인해 보여서는 아니 되었다.

마동구가는 사마련 내부에서 절대적인 힘을 가진 존재들로서 입증되어야 하며 늘 그렇게 보여야만 했다.

사마련을 이끌어 가기 위해서 신비로움은 가장 필요한 덕목이었다.

적어도 용벽수는 그렇게 생각했다.

"네놈들이 말하는 그 무인의 기개가 마동구가를 만났을 때 얼마나 비참한 말로가 될지 지켜보아라."

용벽수가 입을 벙긋거리자 그의 목소리가 사방팔방으로 퍼져 나갔다.

기가 실린 그의 목소리는 수백이 넘는 이들의 귓가

에 또렷하게 꽂혔다.

이어서 용벽수가 움직였다.

그는 서두르지 않았다.

들고 있던 마룡도를 거두어 땅바닥에 떨어트렸다.

퍽.

도집에 거두어진 마룡도가 용벽수의 손에서 떨어져
나와 바닥에 강하게 박혀 들었다.

빈손이 된 용벽수는 발걸음을 뗄 필요도 없이 양손
을 윤후를 향해 뻗었다.

그러자 무형의 기운이 허공에서 흘러나와 윤후의
목덜미를 덥석 쥐었다.

윤후는 반항하려 했지만, 그의 몸에서는 더 이상
진기가 흘러나올 만한 기력이 남아 있지 않았다.

용벽수는 허공섭물의 기예로 윤후를 허공에 끌어올
리기 시작했다.

마치 손으로 목을 조이듯 윤후의 숨통이 조여 왔
다.

그러자 윤후의 목 주변으로 서서히 용벽수가 펼쳐
낸 기운이 검은색으로 유형화되기 시작했다.

유형화된 기운은 커다란 발톱을 가진 손의 형상을

지니고 있었다.

윤후도 서서히 숨통이 조여 오자 가쁜 숨을 몰아쉬며 거칠게 호흡했다.

하지만 숨통은 계속해서 조여 왔고 마침내 윤후도 들고 있던 두 자루 검을 양손에서 놓쳐야 했다.

두 자루 검이 바닥을 나뒹굴자 이를 악다문 고한이 기를 끌어 모아 급히 비도들을 쏘아 보냈다.

철심탈비라는 별호대로 고한의 칼날들은 제법 날카로웠다.

예기 가득한 칼날이 고한의 소매와 펄럭이는 장포 뒤편에서 용의 비늘처럼 튀어나왔다.

고한의 양 손가락에는 얇고 투명한 실이 이어져 있었고 비도들은 전부 그의 손가락 끝 움직임에 따라 이동했다.

쐐애액—!

일거에 튀어 나가는 비도들은 충분히 위협적이었다.

고한이 모든 일념을 다해 뻗어 낸 일격이었던 탓이다.

하지만 기습적으로 달려 나간 그의 일격에도 용벽

수는 당황한 기색 하나 없이 다른 손을 들어 올렸다.

그의 손이 떠오르자 고한의 손에서 뻗어져 나간 열 자루의 비도들이 힘을 잃고 바닥에 나뒹굴었다.

동시에 고한의 몸이 붕 떠올랐다.

이어서 잔상과 함께 어느새 고한의 목 앞에는 용벽 수의 손아귀가 다가와 있었다.

용벽수의 손아귀는 고한의 목젖을 전부 꽉 쥐었다.

목젖을 내준 고한은 숨을 쉬지 못하는 고통에 두 눈을 부릅떴다.

허공에 떠올랐던 고한은 바닥을 나뒹굴지 못했다.

용벽수의 손아귀에 목이 잡힌 채로 바닥에 붙지 못 하고 한 치 이상 떠올라 있었다.

"크, 크읍."

반항하려 왼팔을 바동거리자 허공섭물에 의해 날아 온 마룡도가 고한의 왼팔을 눈 깜짝할 새 내리그었다.

"끄아아악!"

용벽수는 웃었다.

그러고는 비명을 지르는 고한의 목젖을 그제야 놓 아주었다.

목을 잡고 있던 용벽수의 힘이 사라지자 고한은 오

른팔이 잘린 채 그대로 바닥에 허물어졌다.

핏물이 바닥에 깔리고 사방에 널브러진 동료들의 시신 사이에서 고한이 꿈틀거렸다.

"으으으읍."

고한은 애써 떨리는 눈꺼풀을 치켜떴다.

급히 왼손으로 혈도를 점해 피가 흐르는 것을 멈추기 위해 지혈을 했지만 의식이 흐려지는 건 어쩔 수 없었다.

정신이 흐트러지자 단전에 모여들어 있던 진기들의 힘이 약화되어 갔다.

가까스로 몸을 일으킨 고한은 비틀거리며 다시금 자리에서 일어나려 애를 썼다.

그의 모습은 둥지를 잃은 새처럼 가녀리게 보였다.

강한 바람이 불면 날아가 버릴 것처럼.

고한의 앞에 신장(神將)처럼 우뚝 멈춰 선 용벽수는 고개를 좌우로 까딱이며 다시금 입을 열었다.

"……잘못했다 말하거라. 네가 틀렸다고. 너의 잘못된 선택을 후회한다고. 본련과 본련을 지탱하는 마동구가를 모욕한 일을 지옥에 가서도 후회한다고 말이다."

용벽수는 고한이 용서를 빌며 오열하는 것을 보고 자 하는 듯했다.

그 와중에 윤후의 의식은 점차 멀어져 가고 있었 다.

용벽수는 무형지기(無形之氣)를 이용해 제압한 윤 후를 자신 쪽으로 끌어당겼다.

무형의 기로 옭아매어져 허공에 둥실 떠올라 있던 윤후가 용벽수의 손짓에 의해 그의 옆으로 날아왔 다.

용벽수의 두 눈이 새파랗게 물들자 윤후의 얼굴이 더욱 새하얗게 질려 갔다.

무형지기가 윤후의 숨통을 더욱 옥죄어 간 탓이 다.

고한은 그런 윤후를 보며 입술을 꽉 다물었다.

"그만…… 그만하시오!"

"빌거라. 당장. 용서를 구하라는 말이다."

그 순간 윤후가 했던 말이 고한의 뇌리를 스쳐 지 나갔다.


─날 막지 마시오.

끝까지 싸우겠다며 나선 윤후, 그리고 윤후의 목숨은 경각에 달려 있었다.

결국 용벽수의 뜻대로 된 셈, 하지만 용벽수는 윤후가 보여 주었던 의지를 이미 가슴으로 받아들였다.

지금 이곳을 바라보고 있는 무인들의 기억에는 이 상황이 남을 것이다.

사마련의 의지에도 결코 신념을 꺾지 않는 무인들을.

"죽여라. 마동구가의 태상가주여."

고한의 표정에 용벽수는 한 가지를 재차 깨달았다.

지금 이 자리에 살아남은 고한과 윤후는 반드시 제거해야 한다는 것을.

이들에게 자비를 베푼다면 마동구가의 위신은 바닥에 떨어질 게 뻔했다.

"고맙구나. 여지조차 남기지 않게 해 주어서."

용벽수가 이를 드러내며 웃고는 고한을 향해 허공에 손을 일자로 내리그었다.

잇달아 손끝 궤적에 따라 움직인 마룡도가 고한의

목을 향해 아래로 떨어졌다.

그 순간 마룡도의 앞으로 환한 빛과 함께 커다란 그림자가 허공에서 떨어졌다.

단상 지붕 위를 타고 온 듯했다.

그림자의 등장과 함께 윤후를 둘러싸고 있던 무리들이 웅성거렸다.

"크아아아―!"

구 척의 거한은 괴성을 지르며 마룡도를 두 자루 도끼로 밀어냈다.

탁탑광룡 서정하였다.

이기용과 함께 물러났던 그의 등장과 함께 어디선가 뿔피리 소리가 사방에서 뻗어 나왔다.

마룡도를 빠르게 거둬들여 손에 잡은 용벽수는 등골이 싸늘해짐을 느꼈다.

"감히―!"

서정하의 등장과 함께 갑자기 느껴지는 살기에 몸을 뒤돌려 마룡도를 휘두른 그의 앞으로 익숙한 낯빛의 사내가 검을 맞대었다.

"또 뵙소, 용 회주."

아무 반항 없이 조용히 물러났던 이기용이었다.

이기용의 새하얗게 빛났던 안색은 이제 핏기가 보일 정도로 더 하얗게 변해 있었다.

하지만 검에 느껴지는 천근거력(千斤巨力)은 지금껏 이기용을 그저 병자로밖에 취급하지 않았던 용벽수에게 큰 충격을 안겨 주었다.

"어떻게?"

고작해야 지닌 바 사 할의 기운도 쓰지 않았을 뿐이지만, 그렇다고는 해도 화경의 경지를 진작 뛰어넘은 용벽수의 힘은 적지 않았다.

용벽수가 가진 힘에서 사 할에 해당하는 힘은 웬만한 절정고수조차 받기 힘든 일격이었던 탓이다.

하지만 이기용은 단숨에 그의 연결 초식을 받아 내고는 여유롭게 웃고 있었다.

이기용 입가에 띄어진 미소는 득의에 찬 미소였다.

용벽수는 그 점이 더 불안했다.

단 한 번도 용벽수를 그렇게 쳐다본 적이 없었던 이기용이었다.

늘 이기용의 눈빛에는 두려움만이 가득했었다.

그리고 보니 최근 들어 이기용의 변화들이 용벽수의 머릿속을 스쳐 지나갔다.

"대체…… 무슨 일이."

어떤 일이 벌어지고 있는지 제대로 파악하기도 전에 용벽수와 함께 단상에 있던 마동구가의 가주들의 곁을 따르는 몇몇 호위들이 검은 가면을 뒤집어쓰기 시작했다.

그리고 가주들의 얼굴들이 새하얗게 질리기 시작했다.

"화경에 근접한 초고수들마저…… 사망에 이르게 한다는 적염독(賊炎毒)이오."

적염독.

독들의 진원지라 불리는 남월에서 난 독들 중에서도 가장 악독하다 하여 원주민들조차 기피하는 독들이었다.

고독의 일종으로서 처음 증상은 내공을 상실케 하며 혈맥을 점점 굳게 만든다.

그리고 이내, 고독은 혈맥에 흐르는 기를 자양분으로 커서 피를 흡수하기 시작한다.

증폭은 그때부터 시작된다.

적염독은 여타 고독과는 달리 스스로 몸을 태워 분열한다.

두 마리가 세 마리가, 세 마리가 여섯 마리가 되면서 점차 몸을 잠식하는 것이다.

그리고 모든 잠식이 끝나면 피는 증발되어 있고 고독만이 오장육부에 기생해 바글거리게 된다.

유일한 해독 방법은 처음 고독이 몸에 침입했을 때 기를 이용해 초기에 태워 버리는 것이다.

하지만 이렇게 악독한 독은 만독을 다스리는 경지에 이르지 않고서는 이용하는 것이 불가능했다.

적염독 원형을 정제하지 않고서는 눈에 띄지 않고 독에 감염시키기 쉽지 않았기 때문이다.

정제하려면 끊임없이 지독한 독기를 뿜어내는 적염독 원형을 가공할 수 있는 내성과 독에 대한 이해가 필요했다.

"그런 자가…… 너의 곁에 있을 리가……."

적의를 드러낸 이기용을 향해 용벽수가 믿을 수 없다는 듯 중얼거렸다.

그런 용벽수를 뒤로 빠르게 밀쳐 낸 이기용은 그와 간격을 두며 떨어졌다.

이미 사위는 이기용의 사람으로 가득 메워지고 있었다.

장내에 모인 마동구가의 가주들은 하나들 같이 힘없이 쓰러져 있었고 그들을 지키는 정예 친위대들은 혼란에 빠져 있었다.

무엇보다 현재 사마련의 중추에서 사마련을 움직이는 연원회의 원로들마저도 검은 각혈을 토해 내며 사방에서 힘없이 쓰러지고 있었기 때문이다.

연원회의 원로 대다수와 마동구가 가주들의 공백은 너무나 컸다.

동시에 용벽수도 두 눈을 부릅떴다.

그마저도 적염독의 독기를 느끼기 시작한 것이다.

"독의 발견 시기는 정확히 한 시진 후. 하지만 증상을 느끼고 난 뒤에는 치료 할 시간도 없이 즉사하고 말지. 그것이…… 적염독의 매력이외다."

"가…… 감히!!"

용벽수의 노성이 터져 나왔다.

하지만 지금 용벽수의 상황 하에서 그의 노성은 그저 힘없는 메아리일 뿐이었다.

비틀거리는 용벽수를 향해 이기용은 다시금 느리게 다가갔다.

이기용은 그의 독기가 퍼져 나갈 때를 계속 기다리

는 것처럼 보였다.

그 와중에 이기용의 곁에 머물러 있던 서정하는 자신의 실력과 견줄 만한 친위 타격대 대주들을 향해 외쳤다.

"너희들이 모셔야 할 진정한 주인이 강림하셨음을 아직도 모르겠는가!"

오랜만에 맛보는 피의 살육에 즐거운 듯 서정하는 자신에게 달려든 몇몇 무인들을 두 자루 도끼로 무참히 갈라내며 환한 웃음을 터트렸다.

이미 승기는 이기용에게 향해 있었다.

이기용은 아무 반항도 하지 못하고 한쪽 무릎까지 꿇고 쓰러진 용벽수를 바라보고 있었다.

용벽수의 새하얗게 질린 얼굴을 응시하며 이기용이 빙긋 웃었다.

"진작 제게 보여야 할 예의를 이제야 갖추십니다."

한쪽 무릎을 꿇은 채 고개를 떨어트리기 시작한 용벽수의 앞에서 이기용은 한쪽 손으로 뒷짐을 진 채 다른 손으로 쥔 검으로 용벽수의 턱을 억지로 들어 올렸다.

검신 위에 턱을 괴고 있게 된 용벽수의 입에서 붉은 핏물이 터져 나왔다.

검은 피를 뱉은 용벽수가 거친 숨을 내쉬면서 얼음장 같은 눈빛으로 힘겹게 입을 뗐다.

"네깟 놈이…… 사마련을 짊어지고 가겠다고? 사마련을 이끄는 충직한 이들을 전부 베어 낸 정통성이 얼마나 갈 수 있을 것 같으냐. 곧 사방에서 난이 일어나고 네놈의 정통성을 의심한 자들로 사마련이 가득해질 것이다."

이기용이 결연한 눈빛으로 소리치는 용벽수를 향해 뒷짐을 지고 있던 왼손으로 검지와 중지를 들어 보였다.

"손가락 두 개가 보이시오?"

"……."

"내가 믿는 세상은 이 두 개뿐이오. 내게 쓸모 있는 자, 혹은 내게 쓸모없는 자. 세상을 이렇게 두 개로 나누어 이분하면 아주 편하지. 그럼…… 적어도 자신의 목숨을 위해서 열심히 일 할 충직한 자들만 남으니까."

혓바닥을 날름거린 이기용의 미소는 사이하다 못해

섬뜩했다.

용벽수는 멀어지는 의식 속에서 이기용의 미소를
보고는 인정해야만 했다.

손에 꽉 쥐고 있던 사마련의 권력이 이기용을 향하
고 있다는 것을.

"네놈만은…… 죽이고 가야겠다."

그 순간 다 쓰러져 가던 용벽수의 두 눈에 붉은 귀
기가 감돌았다.

"예상했지."

이기용은 용벽수가 다시 몸을 일으켜서 본래의 위
압적인 기도로 돌아온 것을 담담히 마주했다.

이미 계획 하에 예상 되었던 일인 듯 양.

"이것을 위해 준비하신 것이었습니까."

서정하가 놀랍다는 듯 환하게 미소 지으며 말했
다.

서정하의 말에 이기용은 대답 대신 가벼이 미소를
머금었다.

"마룡가에서도 절전되었다고 일컬어지는 금공(禁
功). 마룡현신(魔龍現身)."

마룡현신은 폭혈공의 일종이었다.

말 그대로 혈맥에 흐르는 기운들을 일점에 폭발시키는 것이다.

단순한 폭발이 아니었다.

인간의 몸을 깨달음의 그릇이라고 한다면, 깨달음의 도를 넘어서는 기운을 끌어당겨 몸이 감당할 수 없는 만큼의 기운을 이끌어 내는 것이다.

마룡현신은 그에 더해서 마룡가의 역대 가주들이 모두 내단처럼 품고 있는 마룡이라는 기운 덩어리를 함께 폭발시켜 잠깐 동안 괴력을 일으킨다.

더 이상 몸이 버틸 수 없을 만큼의 기운을 끌어 낼 수 있는 셈이다.

화경의 경지에 오른 용벽수에게 그만한 힘이 주어진다는 것은 곧 이곳에서 이기용 또한 죽음을 맞이할 수 있다는 말이기도 했다.

이기용이 그를 능가할 만한 힘을 갖추고 있지 않다면.

이윽고 이기용을 향해 다시 몸을 일으킨 용벽수의 두 눈이 용암처럼 붉게 타오르고 있었다.

진원진기를 불태우기 시작하면서 시작된 귀화(鬼火)의 표시이기도 했다.

눈 바깥으로 펼쳐지는 불꽃이 사그라질수록 그의 죽음이 가까워진다는 말이기도 했다.

용벽수가 마룡도를 향해 손을 뻗자 마룡도에서 강대한 기운이 피어오르기 시작했다.

방금 전과는 비교도 할 수 없는 청색 불꽃이 도 전체를 태울 듯이 터져 나왔다.

"너의 죄가 무엇인지 낱낱이 고하도록 할 것이다."

귀화를 뿜으면서 걸음을 옮기는 용벽수의 기도는 절정의 경지를 넘어선 서정하마저도 숨 막히게 했다.

"이것이 화경에 오른 자들의 힘이라…… 이건가."

이기용의 입가에 미소가 맺혔다.

십 년을 저주 받은 몸을 탓하며 살았다.

쌍둥이 누이가 마룡가 소가주 용태진에게 지재가 뛰어나다는 이유로 독살을 당한 사실을 안 이후에는 더욱 그러했다.

누이를 잃어버린 뒤에는 절치부심하고 또 절치부심했다.

아니, 그들을 이해해 보려 했다.

강한 힘을 가진 자가 일인지하 만인지상의 자리에 올라야 한다는 사마련의 율법 하에서 그들이 어떻게 살아가는 지켜보았다.

하지만 힘을 갖추고 있는 그들은, 그들이 말하는 약육강식의 삶을 그대로 이행하지 않았다.

그저 안주하고 호의호식하며 권력을 유지하기에 급급했다.

그들에게 누이의 죽음은 아무런 이유도 없었다.

약육강식의 율법 하에 누이의 죽음이 당연한 것이었다면 그들은 강자로서 보여야 할 투기(鬪氣)를 보여 주어야 했다.

전쟁.

사마련은 끊임없이 싸워야만 존재할 수 있는 곳이었다.

이기용은 그래야만 사마련의 율법에 정당성이 붙을 수 있다고 생각했다.

그렇기에 그는 하나씩 하나씩 자신의 계획을 세웠다.

조용하고 은밀히.

가장 처음은 구음절맥이라는 희귀병을 털고 일어나

야만 했다.

하지만 선천적 구음절맥은 낫기가 불가능했다.

비공을 연마하다 주화입마에 걸린 련주는 아무것도 할 수 없었다.

련주가 폐관수련에 들어간 뒤부터 그의 권력은 용벽수에게 양도 된 것이나 다름없었다.

본래 이기용은 열다섯이 되는 해에 련 내에 원로들을 통해 구음절맥을 낫게 할 수 있는 양혼대법(陽魂大法)을 받기로 했었다.

이기용의 몸속에 피어난 음한지기가 가장 왕성해질 때를 노린 계획이었다.

하나 련주의 주화입마와 함께 그 계획은 폐기되었다.

용벽수가 다음 대 련주에 용태진을 오르게 하기 위한 계획을 세워 둔 것이다.

이어서 용벽수는 이기용을 점차 옥죄어 갔다.

말이 폐관이지, 용벽수는 주화입마를 이겨 내고 있던 련주가 점점 더 악화된다는 사실을 확인하고는 이기용을 경시했다.

이기용의 상세가 나아지지 않는다는 것을 의원으로

부터 정기적으로 확인하는 것 또한 용벽수의 몫이었
다.

이기용은 의원을 자신의 곁으로 끌어들였다.

서정하를 보내 의원의 가족을 위협했다.

동시에 매수한 의원과 함께 이기용은 자신의 상세
가 나아질 수 있는 모든 방안을 찾기 시작했다.

그리고 그 해결책을 련주를 주화입마에 이르게 한
성화마련공(聖火魔連功)에서 얻었다.

성화마련공은 마룡가의 폭혈공이라 불리는 마룡현
신보다 더 위험한 금공이었다.

성화마련공은 스스로의 몸을 태워 새 육신과 혼을
얻는다는 기공이었다.

영혼과 육신이 전부 사멸될 수도 있는 위험한 기공
이기도 했다.

성화마련공은 애초에 구화심공(九火心功)이 뒷받
침 되어야 했다.

구화심공은 그릇을 닦고 나아가 구화심공의 깨달음
을 바탕으로 시작해야 하는 무공이었다.

하지만 시간이 없는 이기용에게 구화심공을 닦을
만한 여유는 없었다.

더욱이 구화심공을 익히는 즉시 타오르는 음기가 구화심공에 반해서 약한 신체를 조각조각 내 버릴 게 분명해 보였다.

하지만 애초에 신체를 재구성하는 성화마련공은 달랐다.

성화마련공이라면 음기를 이겨 낼 수 있을지 모른다는 무론은 그의 누이가 죽기 전 써 낸 일기에 적혀 있었고, 주화입마에 걸리기 전의 련주 또한 그러한 일기를 그의 측근을 통해 이기용에게 전했다.

자신이 영영 깨어나지 못할 것을 대비한 유산이었고 이기용은 그 유산을 통해 자신이 준비한 계획을 하나씩 이뤄 갔다.

그렇게 시작된 십년대계(十年大計)가 그 서막을 알리고 있었다.

"……내가 그간의 세월을 허투루 보냈을 거라 생각한다면 오산일 것이오."

이기용의 미소는 여유로웠다.

그 여유가 용벽수에게는 오만으로밖에 보이지 않았다.

타닥.

용벽수의 신형이 번개처럼 빨라졌다.

화경의 경지에 오른 그의 전력은 경이로울 만큼 대단했다.

서정하는 미처 반응하지도 못했다.

공간을 뚫고 나타난 듯, 눈 깜짝할 새 잔상과 함께 모습을 드러낸 용벽수의 마룡도가 서정하의 정수리를 덮쳤다.

막아선 것은 이기용의 검이었다.

이기용의 검이 푸른 불꽃으로 타오르고 있는 마룡도에 비견되는 백색 화염으로 물들어 있었다.

화구마룡공(火丘魔龍功)을 펼쳤을 때 흘러나온 화염강기를 견뎌 낼 만한 화공은 그리 많지 않았다.

용벽수는 단숨에 이기용이 금공이라는 성화마련공을 수련했음을 짐작해 냈다.

"네놈이 믿고 있는 바가 있었구나!"

용벽수의 노호성과 함께 그의 새파란 불꽃이 더욱 뜨겁고 강렬하게 타올랐다.

이어서, 불꽃들은 사방으로 흩어져 커다란 화염륜을 만들어 냈다.

바퀴처럼 생긴 화염륜은 하나하나가 전부 용벽수를

중심으로 피어오른 강기들이었다.

심연곤붕이 아닌, 진짜배기 곤붕의 경지라 불리는 화경의 경지는 결코 녹록한 경지가 아니었다.

확실히 이기용의 표정 또한 사방을 옥죄기 시작한 푸른 불꽃 강기에 의해 굳어져 가고 있었다.

백색 불꽃은 살아 있는 것처럼 이기용의 검 끝에 따라 휘몰아쳤다.

하지만 용벽수가 들고 있던 도는 마룡구가에서도 가장 손꼽히는 신물인 마룡도.

신물과 진원진기를 쏟아붓는 용벽수에게 단순한 철검을 쥔 이기용은 분명 불리했다.

그리고 불리함은 확연히 드러났다.

금세 수십 합을 부딪치며 수세에 몰린 이기용의 검이 그가 뿜어내는 염력(炎力)에 마침내 녹아 버린 것이다.

순식간에 철검이 흐물거렸다.

재빨리 검을 버린 이기용의 전신으로 용벽수의 마룡도가 강기들과 함께 쏟아졌다.

쾅—!

엄청난 폭발과 함께 사방이 푸른빛으로 물들고, 기

의 여파가 사방팔방으로 흩어졌다.

기의 폭풍을 이겨 내지 못한 무인들은 혼절한 채로 바닥을 나뒹굴며 쓰러져 갔다.

간신히 기운의 폭풍을 버텨 낸 이들은 먼지바람 속에 모습을 감춘 그들을 향해 다시금 시선을 돌렸다.

그리고 서서히 먼지가 걷히고 드러난 것은 우뚝 멈춰 서 있는 용벽수와 한쪽 무릎을 꿇은 채 용벽수와 밀착되어 있는 이기용의 모습이었다.

몇몇 이들은 성급하게 환호성을 질렀다.

용벽수의 건재는 상황을 변화시킬 수 있을 거라는 확신 때문이었다.

하나 용벽수의 전신이 조금씩 백색 빛으로 물들기 시작한 때부터 그들의 희망은 산산이 조각나고 있었다.

용벽수의 손끝부터 시작된 불꽃은 서서히 그의 팔을 지나 사지로 뻗어 나갔다.

화르르륵—!

용벽수의 등을 뚫고 이내, 백염(白炎)으로 둘러싸인 이기용의 손이 튀어나왔다.

핏물마저도 불꽃으로 증발됐다.

용벽수의 전신은 완전히 기의 불꽃으로 전부 타올랐다

하지만 전신이 불타고 있는 것은 용벽수뿐만이 아니었다.

이기용 또한 하얀 불꽃으로 온몸이 타들어 가는 것처럼 보였다.

그 순간 강호의 거목이자 사마련의 거두였던 용벽수를 옆으로 밀어트리며 일어난 이기용의 몸에서는 차츰 하얀 불꽃이 사그라져 갔다.

이기용은 피마저도 증발시켜 버린 백염의 기운을 거두어들이며 쓰러진 용벽수를 바라보며 빙긋 웃었다.

"당신이 간과한 것이 하나 더 있소. 바로 난 불길 그 자체가 되었다는 사실. 뼈와 살이 녹아내리는 고통을 견뎌야만 스스로 화염이 될 수 있지. 당신처럼 화염을 이용한다면…… 날 이길 수 없어. 그건 어떤 대단한 보병(寶兵)으로도 채울 수 없는 간극이지."

동시에 이기용의 백염은 눈 깜짝할 새 용벽수의 상처 부위에서 타올랐다.

절대자의 시신이 타닥거리며 고약한 냄새를 내며 타기 시작했다.

좌중의 시선도 이기용에게 모두 쏠렸다.

그의 신위를 똑똑히 두 눈으로 본 이들은 말없이 침만 삼킬 수밖에 없었다.

이어서 상황을 지켜보던 서정하가 도끼를 하늘 높이 치켜들며 외쳤다.

"모두 경배하라! 사마련의 진정한 주인이 다시 강림하셨으니. 그에 반하는 자, 영혼까지 태울 것이다!"

섬뜩한 빛을 머금은 서정하의 두 눈동자가 사마련 하부 열 개 조직의 주인들을 향했다.

열 개 조직의 주인들은 쉬이 나서지 못했다.

서정하는 예상했다는 듯 꿀 먹은 벙어리처럼 침묵하고 선 마동구가 소속의 무인들을 향해 시선을 돌렸다.

"언제까지 침묵할 텐가, 그대들은."

투항하라는 서정하의 말에도 마동구가 소속 무인들은 쉬이 대답하지 못한 채 병장기를 쥐고 있었다.

이곳에 모인 호위대와 타격대는 총 열다섯 조직이었다.

호위대만 아홉 조직이었고 연원회에 충직한 수하 노릇을 하는 타격대만 여섯 조직에 달했다.

각 대대에서 정예들만 차출되었던 탓에 숫자가 백여 명에 이를 뿐.

만약 이기용의 습격을 연원회가 먼저 알아챘다면 장내에는 수백이 넘는 정예 무인들이 이기용을 향해 검을 빼 들었을 것이다.

어찌 됐건 현재 사마련의 중추는 용벽수를 비롯한 연원회와 마동구가였고 이기용은 정통성만 부르짖는 약자에 불과했기 때문이다.

"약육강식."

조용히 상황의 추이를 지켜보던 이기용이 뒷짐을 지고 태연한 얼굴로 나섰다.

그의 한마디에 사마련을 대표하는 무인 대부분이 얼어붙은 표정을 보였다.

이어서 이기용은 마치 자신의 마당을 산보하듯 여유로운 걸음을 걸으며 말을 덧붙였다.

"그대들의 목숨과 힘을 영위할 수 있는 가장 좋은 변명거리가 이젠 독이 되어 버린 이 순간 나는 그대들에게 한 가지 좋은 제안을 할 생각이야."

이기용의 두 눈에 하얀 불꽃이 잠시 피어올랐다가 사그라졌다.

압도적인 위압감.

그가 흘려내는 무형지기는 이미 몇몇 적의를 드러낸 호위대 대주들의 전신을 짓누르고 있었다.

용태진의 치료를 위해 사라진 마혼패룡로(魔魂覇龍路)의 대주인 마대를 제외하고 가장 이기용에 눈에 띈 것은 검륜가의 밀은일검(密隱日劍)이었다.

검륜가를 지키는 네 자루의 검, 사밀지검(四密之劍)의 수장인 밀은일검 이호.

확실히 그의 눈빛은 여전히 적의로 가득했다.

뒷짐을 진 채 이호를 향해 다가간 그는 절반 쯤 녹아 버린 검 자루를 이호에게 건넸다.

"받아야지 않겠소?"

"……."

"그대의 주인을 죽인 자의 검인데 한이라도 품으려면 이런 것이라도 손에 쥐고 있어야지."

"이런다고 사마련을 손아귀에 쥘 수 있을 것 같소? 피를 본다고 반드시 련주의 자리에 오를 수 있는 것은 아니외다."

이호의 성난 눈동자에 불똥이 튀었다.

그는 몸이 부들부들 떨릴 만큼 강력한 이기용의 압박에도 불구하고 잇새 사이로 부들부들 떨며 말을 이었다.

그의 기개에 이기용이 빙긋 미소를 머금었다.

"아주 좋은 기개야. 하나, 기개는 부릴 만한 곳에 부려야 하는 법이지. 이곳에서는……."

쐐액—!

이호가 등 뒤에서 두 자루 검이 빠르게 튀어나온 순간, 이기용이 검 자루를 쥐고 있던 손을 이호를 향해 내뻗었다.

그러자 날아간 검 자루와 함께 펼쳐지는 이기용의 손바닥에 뜨거운 하얀 불꽃이 피어올랐다.

유형화된 강기 불꽃들은 마치 거미줄처럼 이호의 전신을 감싸 안았다.

이호의 두 자루 검은 뽑히기도 전에 불꽃 강기에 녹아내렸다.

쩌저저적—!

그리고 불꽃 강기에 전신이 둘러싸인 이호는 눈을 부릅뜬 채 그 자리에서 핏물을 터트리며 쓰러졌다.

내장까지 다 녹아 버린 그의 시신은 내부가 전부 타 버린 흉측한 몰골이었다.

불과 단 한 수에 일어난 일에 지켜보던 무인들 모두가 경악할 수밖에 없었다.

정예 중의 정예라 할 수 있는 이호가 반항조차 하지 못하고 시신이 되어 버렸다는 것은 이곳에 있는 그 누구도 이기용에게 힘으로는 반항할 수 없다는 사실을 증명하는 것이기도 했던 탓이다.

얼어붙은 장내 분위기 속에서 유일하게 웃고 있는 이들은 이기용을 비롯한 그를 위시한 무리들이었다.

서정하가 호탕한 웃음을 터트렸다.

"이제야 보이느냐. 너희들의 주인께서 강림하신 것을!"

짐승들은 더 강한 짐승이 나타났을 때 무조건 도망치지 않는다.

힘을 보고 판단한다.

무엇을 가졌는지 어떤 발톱을 품은 것인지.

그리고 그 발톱을 맞닥트리게 되면 둘 중 한 가지를 택한다.

엎드려서 힘에 기대거나 혹은 도망친다.

하지만 이곳에 남아 있는 무인들에게 도망칠 곳 따위는 주어지지 않았다.

그들에게는 사마련의 집이었고 이곳을 떠나면 일개 낭인에 불과하게 될 뿐이었으니까.

무엇보다 이기용이 자신을 따르지 않는 이들은 순순히 놔줄 거라는 순진한 생각을 하는 이는 없었다.

청빙백가의 가주를 호위하기 위해 있던 오룡청이 앞으로 나섰다.

유독 하얀 백발을 가진 그는 하얀 검집을 풀어 앞에 두고는 두 무릎을 꿇었다.

유독 차갑고 독선적인 성품을 가진 청빙백가 소속의 대표 무인인 오룡청의 굴복은 장내에 있던 타격대 대주들과 나머지 가문의 호위대 대주들을 경악하게 했다.

"……청이 하나 있습니다, 련주이시여."

이기용은 오룡청의 말에 웃음을 머금은 채로 그를 바라보았다.

"얘기하라."

"본가 소가주의 안위를 약조해 주시옵소서. 자비를……."

오룡청의 내심은 단 하나였다.

그는 애초에 소가주인 유하려를 지키려 투항한 것이다.

이미 모든 사마련의 권력이 이기용을 향해 움직이고 있음을 직감한 듯했다.

이기용은 그의 앞에 서서 기다렸다는 양 지체 않고 대답했다.

"약조하지. 단 네가 지키려 한 그녀는 무인으로서의 삶을 이어 갈 수 없을 것이다. 그저…… 평범한 여인의 삶을 살아가야 목숨을 구함 받을 수 있을 것이야."

이기용의 말에 오룡청은 머리를 땅바닥에 박고 오체투지 했다.

권력을 유지하던 무리들의 거두(巨頭)들이 모두 쓰러진 상황에서 칼자루는 이기용이 쥐고 있었다.

마동구가를 포함해 연원회를 배후에 두고 있던 조직들의 우두머리는 전부 이기용 앞에 무릎을 꿇거나 혹은 이곳에서 그와 싸워야 했다.

"지금부터 무릎을 꿇지 않은 자는 본련의 적으로 간주하겠다. 그리고 나의 적으로도……."

이기용은 그 말을 끝으로 서정하를 쳐다보았다.

잇달아 서정하가 고개를 끄덕이자 머뭇거리고 있는 대주들 등 뒤에서 병장기를 뽑아 든 부대주들이 있었다.

그들은 이미 이기용과 약조라도 된 양 대주들의 등 뒤에서 그들의 목을 내려쳤다.

"이건 시작에 불과해. 지금부터 내게 항거하는 자들이 있다면 전부 사마련의 적이 될 것이다."

5장

적과의 동침

—성화마련공(聖火魔連功).


　성화마련공은 본디 일월천교에서 비롯되었다.

　사마련의 뿌리 또한 그 맥에서 이어져 있으니 성화마련공이야말로 고대가 남긴 절학 중의 절학이라고 해도 과언이 아니었다.

　스스로를 신의 불꽃으로 만든다 하여 붙은 성화마련공의 수련법은 실로 악독하다.

　환골탈태에 버금가는 고통을 운기 할 때마다 수반해야 하는 것은 물론이거니와, 일정 성취도를 이루기 전까지는 계속해서 진통을 안고 살아가야 한다.

대부분의 화공을 익히는 이들이 단전의 상부를 중심으로 한 운기법으로 한다면, 성화마련공은 단전 상부를 시작으로 몸의 오행을 깨트린다.

오행의 균형을 깨트린 몸에는 화기가 들끓기 시작하면 성화마련공은 그때부터가 수련의 시작이다.

극한의 화기로 모든 것을 멸해 버리는 것이 바로 성화마련공의 정수다.

아무것도 남지 않는 무(無)의 시작이 성화마련공의 시작이자 끝이기 때문이다.

"깨어났느냐."

윤후는 하얀 침상에서 눈을 떴다.

한참을 어지러이 도는 정신을 다잡고 본능적으로
태정태도의 진기를 모으며 시현구월의 구결을 마음속
으로 읊었다.

약해진 심신 때문인지 눈에는 헛것이 보였다.

시퍼런 눈동자를 굴리는 환영들이 사방을 뒤덮고
있었다.

이윽고 시현구월의 구결이 머릿속에 맴돌고 그간
끊임없는 순환으로 쌓여 있던 상단전의 영기들이 다

시 순환하기 시작했다.

시현구월이 그간 닦아 놓은 길이 넓었기 때문인지 상단전에 거한 혼들은 아직까지는 패악을 부리지 않고 있었다.

하지만 혼들이 늘어나고 있는 지금의 추세라면 언젠가 깨달음의 방이 좁아질지 몰랐다.

아니 어쩌면 조만간일 수도 있었다.

이젠 정말 새로운 도약이 아니면 죽음을 맞이해야 했다.

'상관없다.'

애초에 신의 영역을 넘본 대가쯤은 감수하고자 했다.

형의 일만 해결된다면 상관없었다.

한데 일이 꼬여 버렸다.

스스로 자초한 것이기도 했지만 형의 복수에 대한 명분을 잃지 않기 위해서기도 했다.

이런 저런 복잡한 생각 속에서 상체를 일으킨 윤후는 다시 날카로워진 눈으로 주변을 둘러보았다.

햇빛이 들어오는 창가 바로 앞에 놓인 침상을 빠져나온 그는 한 걸음씩 내딛었다.

그때 세 걸음쯤 내딛던 윤후의 앞으로 문이 열리고 빛과 함께 익숙한 낯을 가진 이가 나타났다.

　"고한."

　초췌한 안색의 그는 오른 어깨에 흰 천을 둘둘 맨 채 나타났다.

　턱수염이 까칠하게 난 그는 평소처럼 웃는 얼굴로 윤후에게 다가오며 문을 닫았다.

　"깨어났군."

　"여긴…… 어디오?"

　"어디긴 어디야. 사마련이지."

　"어떻게 된 것이오?"

　윤후도 혼절한 이후부터는 의식이 없었다.

　고한은 대답 대신 씩 웃어 보이고는 그를 끌어안았다.

　엉겁결에 고한과 끌어안은 윤후의 귓가로 고한의 담담한 목소리가 들려왔다.

　"하늘이 바뀌었다. 그리고 우린 형제들을 잃었지."

　고한은 그 말을 끝으로 끌어안았던 윤후를 놓아주었다.

　이어서 윤후가 물었다.

"반정이······ 성공한 것이군. 맞소?"

"더 이상 반정으로 불리지도 않지. 모든 련 내에 권력은 련주께서 가져가셨으니."

고한은 할 이야기가 많은 듯 윤후에게 조금 걷자고 제안했다.

윤후는 그의 제안에 준비된 장포를 걸쳐 입고 먼저 문밖으로 나선 고한의 뒤를 따랐다.

문을 열고 나서자 숲처럼 빼곡히 나 있는 나무들이 보였다.

마치 숲 속에 있는 것 같은 착각이 일 만큼.

윤후가 의아한 빛을 띠자 고한이 기다렸다는 듯 입을 열었다.

"이곳은 본련의 성 내, 남쪽 외곽에 있지. 인공 숲이라고 보면 된다. 연원회의 노회한 자들이 사마련 내부에서 은거하기 위해 만들어 놓은 작은 숲이지. 사치스럽긴 하나, 풍광은 제법 그럴듯해."

"그럼 내가 깨어난 곳은 누구의 것이오?"

"너와 나를 죽음까지 몰고 간 용벽수······ 그자의 것이지."

고한의 눈이 씁쓸해졌다.

형제들에 대한 향수가 벌써 그의 눈에 가득했다.

윤후는 달리 어떤 위로도 하지 못했다.

일은 이미 벌어졌고 사마련은 변화를 시작했다.

윤후는 이 와중에 머릿속이 더욱 복잡해졌다.

사마련을 움직이는 큰 세력이 단번에 무너져 버렸다.

용벽수라는 거마가 세월 속에 스러졌고 그 자리를 이기용이 차지했다.

하나, 둘 모두 붉은 머리를 지니고 있었다.

그들이 지닌 무공의 특수성 때문인 게 분명했다.

이윽고 작은 인공 숲을 향해 걸음을 옮겨 가던 고한에게 윤후가 재차 입을 열었다.

"……혹여…….."

"혹여?"

"이기용이…… 이곳을 떠났던 적이 있었소?"

"떠났다라…… 그보다는 서정하와 함께 강호를 유람했던 적은 있다고 들었지. 사실 병마와 싸우는 이가 마지막 숨을 거두기 전에 눈에 이곳저곳을 담아 두는 거라는 소문이 더 확실한 사실처럼 들렸지만 말이야."

윤후는 고한의 말에 마른침을 삼켰다.

잇달아 윤후는 마치 뭐에라도 홀린 양 고한을 향해 연이어 질문을 던져 갔다.

"하면…… 용벽수는? 최근 들어 자리를 오랫동안 비웠던 적이 있소?"

"말하지 않았나."

"무엇을 말이오?"

"용벽수는 자신의 위치를 고수하기 위해 끊임없이 탐욕스러운 삶을 살아갔던 자야. 그런 자가 자신의 거처를 두고 왜 굳이 강호를 유람하겠나. 젊은 혈기라도 아직까지 남아 있으면 모를까."

고한이 피식 웃으며 대답했다.

윤후는 고한의 대답에, 고한 몰래 주먹을 불끈 쥐었다.

생각이 짧아도 한참 짧았다.

가진 자에 비해 못 가진 자의 분노가 더 크다는 것을 잠시 잊고 있었다.

사마련의 내부에 끈들을 움직일 수 있고 더 나아가서 병약한 몸 때문에 감시조차 받지 않은 채 자유로이 강호를 유람할 수 있었던 사람.

평온에 안주하기보다는 끊임없는 소유욕으로 작고 어진 가치들 쯤이야 무시하고 앞으로 나아갈 만한 의지를 가진 자.

'오래토록 스스로의 권력을 위해 몸을 감추고 있을 만한 인내를 가진 자라면……'

윤후는 이 순간 지금껏 해 왔던 어떤 확신 중 가장 큰 확신을 가질 수 있었다.

아니 모든 직감이 이기용을 향하고 있었다.

그가 아니라면 정말 제 삼 세력의 존재를 인정하는 수밖에 없었다.

삼 세력의 등장.

사마련과 군무맹의 전쟁.

모든 것이 또 다른 목적을 위한 계획의 일부라고 생각할 수 있었기 때문이다.

그전에 아직까지는 직감만인 이 확신이 진실이 되도록 증좌들을 찾아내야 했다.

'이기용은 날 염두에 두었다고 했다. 아니, 쓸 만한 자들을 찾고 있다고 했었지.'

이기용의 수하와 대면한 날.

그는 분명히 자신을 쓸모 있게 쓰겠다고 했다.

그 말은 곧 이기용의 곁에 머물 수 있는 여지가 있다는 말이기도 했으니 윤후는 이 기회를 어떻게 이용해야 할지 고심했다.

그 순간 걸음을 옮겨 가던 고한이 나지막한 목소리로 다시금 입을 열었다.

"내가 왜 이곳까지 너를 끌고 왔는지 아나."

고한이 입을 열었을 때 그들은 한 외나무다리를 눈앞에 두고 있었다.

외나무다리를 지나면 반대편에는 작은 인공 연못을 둔 정자가 보였다.

윤후는 정자를 바라보았고 정자에는 차를 마시고 있는 적발의 사내가 보였다.

호위 하나 없이 홀로 정자에 앉아 있는 그의 모습은 이전에 보았던 것과 변함이 없어 보였다.

단지 전과는 달리 무인들 대신 몇몇 여자 시비들이 그의 시중을 들고 있었다.

화려하지는 않지만 검박한 옷차림을 입고 있는 그를 바라보며 윤후가 무겁게 입을 뗐다.

"그가…… 나를 데리고 오라 시켰소?"

"깨어나면 그러라 말씀하셨지."

"한 자리를 내주었군, 당신에게."

윤후의 말에 고한은 고개를 까딱였다.

"한 가지 일러 주면 말이야. 나는 애초에 저분의 사람이었지."

고한의 말에 윤후가 눈을 부릅떴다.

윤후가 조심스럽게 입을 열었다.

"그 말은……"

"너의 등장이 내게는 꽤나 흥미로웠어. 그리고 한 동안은 너를 지켜보기로 했지. 사자은이와의 인연은 분명 진실이니까. 무엇보다 네가 나를 발판으로 굳이 사마련으로 향하려는 이유가 나를 꽤 궁금하게 만들 었지."

"이미 이야기 했잖소."

"아니. 넌 단 한 번도 아내를 가져 본 적이 없어. 소중한 이를 잃은 적은 있어도. 그 눈빛을 구분할 정 도는 되어야 흑사방의 부방주 자리를 유지할 수 있는 것이야."

고한은 목석처럼 굳은 윤후를 향해 담담한 어조로 속에 품은 말들을 꺼내 갔다.

"하나 련주께는 따로 얘기 하지 않았지. 너는 내

소관이니, 무엇보다 네가 나를 위해 나서 주었던 그 일로도 나는 네가 인피를 썼던 쓰지 않았던 상관없어."

윤후는 아무 말도 하지 않았다.

그러고는 고한을 힐끗 쳐다보며 말했다.

"무슨 말인지 당최 모르겠소. 나를 놀리려 드는 것이오."

윤후의 말에 고한이 고개를 저었다.

"너의 얼굴을 자세히 들여다보지 않았다면 나도 몰랐겠지. 그 치열한 전투 속에서도…… 그리고 의원들마저도 그것이 인피인지 네 피부였는지 확신하지 못했으니. 하나, 나 또한 사자은이를 통해 제작되는 인피가 얼마나 탁월하고 또 대단한지 느껴 본 사람이었다는 것을 간과하지 말았으면 싶군."

윤후는 빠르게 인정했다.

"이 일은 잊지 않겠소."

"한 가지만 기억해 둬."

"무엇이오?"

"지금 네가 뵐 련주는 천하를 뒤집을 패를 가지고 계신 분이다. 함부로 해서도 안 되지만 거짓을 고해

서는 아니 될 것이야. 무엇보다…… 너에 대해 궁금
한 부분들에 대해서는 솔직하게 털어 놔야 할 것이다.
아니, 거짓을 고해도 좋아. 단, 들키지만 마라."

고한의 충고를 들은 윤후는 고개를 끄덕였다.

고한을 뒤에 두고 걸어가던 윤후는 점차 이기용과
가까워지고 있었다.

'만약 네가 모든 일들의 배후라면 대체 전쟁을 왜
하려 드는 것이냐. 네가 원하는 사마련은 이미 집어
삼켰을 텐데.'

윤후는 이기용을 눈을 가늘게 뜬 채 바라보며 마침
내 그의 앞에 섰다.

그가 앞에 서자 시비들이 공손하게 뒤로 물러났다.

이기용은 찻잔을 든 채로 윤후를 힐끗 쳐다봤다.

"앉아라."

"예, 련주."

윤후는 예의를 차렸다.

이내 무릎을 꿇고 바닥에 엎드린 그에게 이기용이
찻잔을 내려놓으며 물었다.

"……제대로 일을 치렀더군."

"성공할 것이라고는 확신하지 못했습니다."

"솔직해서 좋을 게 있을 거라 생각하나?"

"고 부방주가 그러더군요. 련주께 말씀 드릴 때는 진실이 아니면 입을 열지 말라고."

윤후가 기다렸다는 양 대답했다.

그의 대답이 만족스러웠던 것일까, 이기용은 웃음을 터트렸다.

그의 웃음과 함께 무거웠던 분위기가 조금은 완화된 듯했다.

하나 그것도 잠시 이기용이 윤후를 쳐다보며 넌지시 물었다.

"무량이라고."

"그렇습니다."

"나는…… 용태진의 앞에서 그만한 신위를 보여 줄 만한 무인이 본련에 있었다는 것을 처음 들었어. 해서 꽤나 놀랐지. 물론 고 부방주로부터 후에 보고를 듣긴 했지만…… 아주 놀라고 있어."

이기용이 미소를 머금었다.

이윽고 이기용은 엎드려 있는 윤후를 향해 말을 덧붙였다.

"고개를 들어 보지."

"예."

윤후가 대답과 함께 고개를 들자 이기용의 입가에 미소가 짙어졌다.

"이봐."

"예."

"복수를 준비하는 데 왜 시간이 필요한지 아나?"

"왜 그렇습니까?"

"복수를 준비하는 시간만큼 복수의 상대는 여유라는 독을 가지게 되거든. 자신이 해 왔던 일들에 대해 점차 무감각해지게 되는 망각과 함께. 바로 그때 그 망각 속에 작은 독을 퍼트리는 것이야. 조금 조금씩 그 독이 원수를 갉아먹을 때까지."

"그 후에는 어찌합니까."

"때를 잡으면 목을 치는 것이지. 댕강."

"하면…… 그 '때'라는 것은……."

"본인의 몫이 아니겠어? 그렇게 생각하지 않나?"

이기용의 물음에 윤후는 다시 고개를 숙여 엎드린 채 대답했다.

"뼈에 새기고 명심하겠나이다."

"그래, 그래야 할 거야."

이기용은 너털웃음을 터트리고는 조금은 진지해진 목소리로 바꾸면서 말했다.

"고한에게 흑사방을 포함한 나머지 하부 세력들을 관리하라 총책을 내렸지. 아주 즐거운 일이야. 쓸 만한 이에게 중책을 맡긴다는 것은. 나는 썩고 고인 물을 좋아하지 않으니. 한데 말이야."

말을 잇던 이기용이 입을 닫고 눈살을 찌푸렸다.

"고한의 말에 따르면 본련에서 요직을 맡고 싶어 했다던데. 그 이유가 필요한 약재를 구하기 위해서라고?"

"그렇습니다."

"무슨 약재지?"

"만년설삼(萬年雪蔘)입니다, 련주님."

"만년설삼이라…… 그 신화에만 몇 번 언급된다는 전설상의 약재가 본련에 있을 거라 생각했나?"

"……어딘가에는 숨어 있지 않을까 싶었습니다."

"군무맹에 가 보는 것은 왜 고려하지 않았지?"

"군무맹에 가는 것이…… 그리 큰 도움이 되지 않을 거라 생각했습니다."

"이유는?"

"그들은 그들이 만들어 낸 규칙과 틀에 박혀서 쓸 만한 인재가 나타나도 제대로 거두지 않을 게 빤하니 말입니다. 그럴 바에는 호전성이 강한 사마련이 훨씬 낫다고 보았습니다. 적어도 강하다면……."

"인정해 줄 테니까?"

빙긋 웃으며 말을 잇는 이기용에게 윤후가 고개를 숙였다.

이기용은 윤후의 대답이 꽤 마음에 들었는지 한참 동안 윤후를 바라보며 웃음을 머금고 있었다.

아무 말 없이 정적이 흐르고 이기용이 이내 말을 이었다.

"이번 난을 통해 제거된 자들이 꽤나 많아. 앞으로 해야 될 일이 많은데 그에 반해 쓸 만한 자들이 턱없이 부족하지. 그간 마동구가라는 썩은 물에서 생겨난 충(蟲)들이 너무 많아. 하여 나는 그대 같은 이들이 많이 필요하지."

이기용은 마동구가와 연원회를 완전히 해체 시켰다.

다시 말해 힘의 공백이 생겼다는 말.

애초 지배층으로 있었던 권력자들이 전부 사라졌으

니 남은 것은 그 자리를 채울 만한 실력자들이었다.

분명 지금껏 이기용을 도왔던 고수들이 그 자리들을 메워 갈 테지만 마동구가와 연원회의 세력은 사마련 내부를 대부분 채우고 있었다.

윤후가 보기에는 믿을 만한 실력자들을 채워 공백을 메우는 것이 이기용으로서도 쉽지는 않아 보였다.

"소인을 크게 쓰시려 하심입니까."

"……그만한 대가를 치러야 가능할 거라는 소리로 들리는군."

윤후는 침묵으로 대답을 대신했다.

그의 당찬 대답에 이기용이 고개를 까딱였다.

"비고에 만년설삼이 남아 있다면 그대에게 내리지. 단 없다면 천하를 뒤져서라도 얻게 해 주지."

"소인이 그 이후에 할 일은 무엇입니까."

"전쟁."

나지막한 목소리로 속삭이는 이기용과 함께 고개를 숙이고 있던 윤후가 두 눈을 부릅떴다.

윤후가 놀란 내색을 하지 않기 위해 고개를 더 숙이며 물었다.

"……전쟁이라 하심이면."

"사마련은 천하의 중심이 되어야 해. 사마련이 세워진 이래로 그 목표는 늘 같았지. 그렇기 위해 련주들은 끊임없이 수련을 거듭해 왔어. 목숨을 걸고. 한데 어느 순간부터 그들은…… 나태해졌어, 초심을 잃어버렸지. 권력의 향기에 취하기 시작하면서부터 말이야."

윤후는 이기용의 말을 하나도 빠짐없이 머릿속에 새겨들었다.

어쩌면 이곳에서 이기용의 입을 통해 들을 수 있을지도 몰랐다.

그가 자신이 찾던 그 적발의 사내라는 것을.

윤후가 입을 꾹 닫고 있는 사이에도 이기용의 말은 계속 됐다.

"안주가 평화를 가져다주었고 권력의 달콤함을 맛본 그들은 자신들의 탐욕을 지키기 위해서는 무엇이든 했지. 나의 누이는 그 탐욕 때문에 죽었고. 아주비참하게. 그들은 그 이후에 안주해서는 아니 됐어. 수많은 피를 밟고 올라섰다면 더 큰 피를 보아서라도 사마련의 명분인 약육강식을 지켜야 했어. 그것이 이 세상의 법도임을 만천하에 더욱 퍼트려야 했다는 얘기야."

입은 웃고 있었지만 이글거리는 눈빛에는 분명 끝없는 적의가 새겨져 있었다.

윤후는 가슴이 떨려 왔다.

그토록 머릿속으로 맴돌던 놈이 눈앞에 있는 것일지도 모른다는 확신이 점점 더 굳어지기 시작했기 때문이다.

지금 당장 손속을 뻗을까, 아님 때를 기다려야 할 것인가, 좀 더 증좌를 모으지 않고 직감만으로 밀어붙여야 될까.

이런 생각들이 윤후의 머릿속에 끊임없이 맴돌았다.

"무슨 생각을 하지?"

고개를 숙인 채 마른침만 삼키고 있던 윤후를 향해 이기용이 돌연 물었다.

윤후는 그 순간 아무 말도 할 수가 없었다.

가슴속에 맺힌 한이 당장에라도 터질 것 같았던 까닭이다.

하지만 조용히 깊은 숨을 내쉰 윤후가 힘겹게 말문을 열었다.

"그저 련주님의 말씀을 새겨듣고 있었습니다."

"나는 전쟁을 기다리고 있다."

윤후의 대답이 떨어지자마자 이기용이 본심을 꺼내 보였다.

윤후는 이기용이 왜 자신에게 이토록 마음을 열고 모든 것을 이야기 하는지 도통 이해할 수가 없었다.

'도대체…… 너의 의중이 무엇이냐.'

윤후는 대놓고 그에게 물어보기로 하였다.

"소인을 중용하려 하시는 것에 대해 여쭙고 싶습니다."

"마음에 든다."

이기용의 대답은 생각지도 않게 빨리 나왔다.

그는 이미 윤후를 염두에 두고 있었다는 듯 아무렇지도 않은 태연한 얼굴로 말을 이었다.

"그저 자신이 행한 몫만 받아 가려는 것도, 더 큰 욕심을 부리지 않는 것도, 모두 마음에 든다. 내가 하려는 거사에 그 어떤 이견도 있을 것 같지 않아 보이는 것 또한. 나는 오히려 그대 같은 이들을 곁에 많이 두어야 하거든."

이기용이 들려준 대답은 순수했다.

그는 정말로 윤후를 신뢰하는 듯 아무런 경계심도 보이지 않았다.

그의 대범함이 오히려 윤후를 부담스럽게 할 만큼.

"중히 쓰일 기회를 기다리고 있지는 않았습니다만, 받은 만큼 그 이상은 최선을 다할 것입니다."

윤후는 이기용이 자신에게 원하는 대답이 바로 이런 것일 거라는 직감 하에 입을 뗐다.

그리고 그의 생각대로 이기용은 그 어느 때보다 호쾌하게 웃음을 터트렸다.

"바로 그거야. 내가 그대에게 바라는 것이. 자, 받지."

이기용이 소매 안에서 사자의 형상이 금각(金刻)되어 있는 패를 내밀었다.

두 손으로 그 패를 조심스럽게 받아 든 윤후는 고개를 숙인 채, 사자패를 유심히 바라보았다.

"이것은……."

말끝을 흐리는 윤후에게 이기용이 지체 않고 말을 덧붙였다.

"……마동구가와 연원회를 해체한 뒤, 다섯 타격대와 각각 가문들의 가위(家衛)—가문의 호위— 대대들

과 마동구가의 끈이 전부 연결되어 있었던 나머지 삼
개 대대를 합쳐 열일곱 대대가 해체되었지."

열일곱 대대.

말이 쉽지, 열일곱 대대라면 일 개 대대에 백여 명
이라고 해도 총 천칠백여 명에 달한다.

천 칠백여명의 사마련 고수들이 전부 제 위치를 잃
어버렸다는 이야기였다.

이기용은 그 말을 아무렇지도 않게 내뱉으며 윤후
에게 사자패를 건넨 연유에 대해 설명했다.

"그중 열 개 대대는 두 개 대대씩 합쳐서 십봉(十
奉) 중 다섯의 밑으로 두고, 나머지 일곱 대대는 앞
으로 본련이 나아가야 할 길을 위한 발판으로 쓰기
위해 다섯에게 넘겨 두었지. 그렇담 두 개 대대가 남
았다는 말인데……."

말끝을 흐리는 이기용에게 윤후가 다시 바닥에 고
개를 박듯이 숙였다.

"소인은……."

"거절하겠다?"

"시키시는 대로 따르겠나이다. 주시겠다는 것을 받
는다면 제게 선택권은 없지 않겠습니까."

거래만 성사되면 성심을 다해 따르겠다는 말이나 다름없었다.

그럼에도 불구하고 이기용은 갈수록 흡족해했다.

동시에 그의 부드러운 시선이 윤후의 손에 쥐어진 사자패로 향했다.

"나머지 두 개 대대는 전부 옥에 갇혀 있지. 사열귀옥(四熱鬼獄)은 들어 봤겠지."

이기용의 물음에 윤후는 말없이 침을 삼켰다.

사열귀옥.

사마련과 군무맹을 포함해서라도 최악 중의 최악이라는 옥이다.

사마련에 반하는 정도에 따라 네 분류로 나누어 정해진 고문을 받으며 자유를 얻기까지 갇혀 있어야 한다.

하지만 대부분은 고문을 견디지 못하고 죽는다고 알려져 다시는 빠져나올 수 없는 옥이라는 소문이 도는 곳이기도 했다.

"남은 두 개 대대는 용벽수가 그토록 신임하던 마혼패룡로(魔魂覇龍路)와 연원회의 원로들의 제자들이 대부분이라는 성마연원후(成魔淵源厚)의 일원들

이지. 나는 이곳에서 그대의 능력을 검증해 보려 한
다."

갑작스러운 제안.

분명 쉽지는 않을 거라 생각했지만 어찌 됐건 이기
용은 무턱대고 윤후를 신임한 것은 아니었다.

필요한 시험이 있었던 것이다.

"……그들을 길들여라. 그리고…… 전쟁을 위한
살인귀로 키우라. 그리만 된다면 그대는 나와 함께
천하를 누빌 것이며 원하는 것은 모든 얻게 될 것이
다. 그것이…… 내 누이가 죽어야 했던 이유이자 세
상이 만들어질 때부터의 약속인 약육강식의 세계이니
까."

윤후는 그의 말에 따를 수밖에 없었다.

수많은 고민들이 그의 머릿속을 스쳐 지나갔다.

지금 자신이 그의 말을 따라 주는 것이 정말 옳은
것인지.

'놈의 힘을 더욱 키워 주는 꼴이 될 수 있어.'

윤후는 고개를 숙인 채로 입술을 앙다물었다.

지금 놈의 목에 칼을 들이댄다면…….

'……이길 수 있을까.'

윤후는 용벽수를 상대할 때 큰 벽을 느꼈다.

몸에 완전한 기력이 남아 있을 때 상대했더라도 패배했을 것 같다는 직감이 이미 머릿속에 가득했었다.

그리고 이기용이 지금 자신 앞에 멀쩡히 서 있다는 것은 그런 어마어마한 고수를 쓰러트렸다는 것을 의미하는 바이기도 했다.

기실 지금의 윤후로서는 그 무위가 감도 잡히지 않는 이기용을 상대하기가 꺼려질 수밖에 없었다.

더불어 직감은 이기용이 확실했지만 그 직감이 맞으려면 몇 가지 해결해야 될 문제가 있었다.

그 문제들을 해결하려면 이기용이 무엇을 하고 다녔는지 그의 행적들을 조사해야 했다.

그 이후에 이기용이 형을 죽인 배후에 서 있다는 것을 알게 된다면 복수는 그때부터 준비해도 늦지 않을 것이다.

하지만 차갑게 식은 이성과는 달리 몸은 당장이라도 이기용을 향해 뛰어들고자 욱신거렸다.

이기용은 바닥에 엎드린 채 침묵을 지키는 윤후에게 빙긋 미소를 머금으며 물었다.

"왜 아무런 대답이 없지?"

이기용의 물음에 윤후는 더욱 고개를 숙일 뿐이었
다.

'일보후퇴 한다.'

윤후는 다음의 더 큰 전진을 위해 한 보 물러나는
것을 택했다.

하지만 그때 이기용이 기다렸다는 양 한마디를 던
졌다.

"형의 복수가…… 하고 싶었던가?"

이기용의 말이 끝나기 무섭게 윤후가 고개를 쳐들
었다.

눈을 부릅뜬 윤후와 함께 이기용의 생글거리는 미
소가 그의 눈에 들어왔다.

"무슨 말씀을……."

억지로 태연한 표정을 짓는 윤후에게 이기용이 자
리에서 일어나 뒷짐을 진 채 등을 돌리면서 말했다.

"나는 말이야. 그대를 꽤 오랫동안 지켜봤어. 그대
의 행적을 따로 전담하는 이가 있을 만큼."

이기용의 말이 끝나자마자 윤후는 마른침을 삼켰
다.

이미 자신임을 부정한다고 해서 해결될 문제가 아

닌 것을 느낀 탓이다.

"어떻게…… 내가 이곳에 있다는 걸 알았지?"

"……군무맹에서 그대를 바라보던 시선들은 하나같이 말하더군. 행방불명."

"한데?"

반문하는 윤후에게 이기용이 지체 않고 대답했다.

"……갑작스러운 실력자의 등장은 늘 나를 설레게 하지. 고한은 나를 통해 자신의 꿈을 이루고자 했고 나는 그의 조건을 이루어 주는 대신 그의 진취성과 그의 그릇을 얻었지. 그리고 그대에 대한 정보도 함께."

이기용의 말에 윤후는 그제야 이해가 됐다.

이미 윤후가 방 한편에 숨겨 둔 월양쌍륜검에 대한 정보도 이기용의 귀를 통해 들어갔을 것이다.

숨겨 놓는다 해도 이곳은 사마련의 땅.

그리고 사마련의 땅의 당금 주인은 이기용이었다.

그 정도쯤이야 가만히 자리에 앉아서도 알아냈을 것이다.

이윽고 윤후가 쓰고 있던 인피면구를 한 손으로 잡아떼려 했다.

하지만 그 행동을 이기용이 말렸다.

"그러지는 말지."

"어차피 죽을 자리라면 내 본래 모습으로 죽고 싶군."

윤후는 무덤이 될 자리라는 걸 작심한 듯 담담한 어조로 입을 열었다.

엎드려 있었던 그의 무릎도 이미 자리에서 일어나 있었다.

사마련의 땅 위에서도 오연한 얼굴로 우두커니 서 있는 윤후를 보며 이기용은 꽤나 흡족한 얼굴로 입을 열었다.

"이 기개, 이 투기. 그대의 이 모든 것들이 나를 자극시킨다는 걸 알고 있나?"

생글거리며 미소를 머금은 이기용은 저만치 물러나 있던 시비들을 향해 물건을 가져오라는 듯 손짓을 했다.

그러자 흰 천에 쌓인 월양쌍륜검을 시비들 여럿이 힘들게 이기용을 향해 들고 왔다.

이기용이 손도 대지 않고 손가락을 까딱이자 그가 흘려 낸 무형의 기운이 월양쌍륜검을 감추고 있던 흰

보자기를 펼쳐 냈다.

보자기를 펼쳐 내자 월양쌍륜검의 영기를 가리고 혼이 약한 이들에게 해를 입히지 않게 하기 위한 봉인백막이 드러났다.

봉인백막의 꺼풀마저 벗겨 낸 그는 월양쌍륜검을 허공에 띄워 올렸다.

두 자루 검이 마치 사람의 눈처럼 윤후를 향했다.

허공에 떠오른 검 끝을 바라보는 윤후가 나지막한 목소리로 입을 열었다.

"……지금까지 내가 너에게 놀아난 건가?"

"받겠나?"

두 자루 월양쌍륜검이 윤후에게 빛살 같이 쏘아졌다.

하지만 윤후는 움직이지 않았다.

검 끝에 살기가 없다는 걸 알아챈 것이다.

검이 당장이라도 윤후의 눈을 쪼갤 듯 코앞에서 멈춰 섰다.

"잡도록 하지."

월양쌍륜검을 쥐라는 이기용의 말에 윤후는 순순히 허공에 떠올라 있는 두 자루 월양쌍륜검을 양손으로 꽉 쥐었다.

그러자 윤후의 손에 잡힌 두 자루 검이 그의 손아귀 안에 다시 들어왔다.

동시에 이기용이 한 손으로 뒷짐을 진 채 다른 한 손으로 윤후를 향해 손을 까딱였다.

"시작해 볼까."

"……후우……."

월양쌍륜검을 쥔 지금 윤후는 또다시 물러날 수 없는 상황에 처해 버렸다.

하지만 다행스러운 것은 그토록 찾던 원수가 눈앞에 있다는 것이었다.

"하나만 묻지. 나의 형에게 누명을 씌우고…… 죽음으로 몰아넣은 것이 이기용 네가 맞나?"

"정확히 얘기해 줬으면 좋겠군. 그대의 형을 죽음으로 몰아넣은 것은 배신자라는 낙인을 찍어 버린 군무맹이지."

"아니. 형은 내가 있는 곳으로 오고 있었어. 그리고 형은 적발을 보았지. 붉게 타는 머리를…… 형의 옷깃에서 모든 걸 읽었어."

이미 윤후의 두 눈에서 나찰이 아른거리고 있었다.

나찰은 붉은 혓바닥을 날름거리며 윤후의 정신력이 무너지기만을 기다리는 것 같았다.

 윤후는 애써 차갑게 이성을 식혔다.

 숨겨 온 분노가 이성을 덮을수록 정신력은 약해지고 스스로 만들어 낸 두려움의 화신, 나찰에게 모든 이지를 빼앗긴다.

 살육만 쫓는 광인으로 죽음을 맞이할 수는 없었다.

 윤후가 붉은 안광을 번뜩이며 서릿발 같이 차가워진 목소리로 재차 입을 열었다.

 "묻는다. 모든 일의 배후가 너였는지."

 "군무맹은 그저 자신들의 잇속을 채워 주는 끈들을 지키기에 급급했고 그 와중에 백오동은 자신의 가족을 지키고자 했지. 꽤 인상적이고 매력적인 사내였어."

 "형을 봤군?"

 "물론. 그는 나를 보지 못했지만 나는 그를 꽤 오랫동안 보았지."

 "그렇담…… 형을 왜 죽였지? 형의 죽음으로 전쟁이 벌어질 거라 생각했나? 형은…… 형은 그저 가문의 가족을 지키고자 했어!"

"그랬지."

윤후의 말을 이기용은 부정하지 않았다. 그저 어깨를 가볍게 으쓱이는 것으로 오히려 그의 말에 긍정했다.

"그런데?"

이어지는 반문.

그의 반문에 윤후는 말문이 막혔다.

동시에 이기용은 윤후를 의아하게 쳐다보며 되물었다.

"가문의 일원 하나 지키지 못한 그대의 형을 탓해야 하는 건가, 아님 사사로운 율법에 사로잡혀서 진실을 마주 보지 못하고 끝도 없는 탁상공론만 거듭하다 이내 그대의 형을 죽음으로 몰아넣은 군무맹의 일원들을 탓해야 하나? 그것도 아니면…… 자신이 원하는 지향에 도달하지 못한 군무맹을 원하는 수준까지 끌어올리기 위해, 전쟁을 원하는 오 군사를 욕해야 하나?"

오정원의 이름이 나온 순간 윤후는 온몸이 떨려 왔다.

모든 조각이 들어맞았다.

윤후와 사자은이를 중심으로 이어져 오던 비밀의 조각들이 이기용의 입을 통해 모두 들어맞았다.

오정원은 이기용과 연관이 있었다.

그리고 윤후는 이 모든 것이 그 둘이 짜낸 천하를 상대로 한 계획임을 깨달았다.

"전쟁…… 전쟁을 일으키기 위함이었던 건가?"

"시야를 넓게 가져야지."

무슨 말인지 이해가 되지 않아 미간을 찌푸린 윤후에게 이기용은 뒷짐을 진 채 윤후의 주위를 거닐면서 말을 이어갔다.

"전쟁이 목적이 아니라는 것을 왜 모를까. 이건 약육강식을 근간으로 한 투쟁이지만 가장 큰 목표는 아주 단순하고 명쾌하지. 바로 이 세상을, 이 천하를 규정하는 단 하나의 것. 천하군림(天下君臨). 모두가 이 군림을 위해 살아가지. 만인을 발아래로 무릎 꿇리는 것도 모자라, 먹이사슬의 최상층에 서서 신이 되는 거야."

"그게 너한테 무슨 의미인데? 대체 수많은 희생들을 발아래 두고 그 자리에 오르는 것이 너 같은 놈들에게는 무슨 의미가 있다는 것이냐!!"

윤후는 더 이상 참을 수가 없었다.

아니 이기용이 무슨 말을 하는지 이해하고 싶어도 도저히 납득도, 이해도 되지 않았다.

형의 죽음에 대단한 이유라도 있기를 바라고 또 바랐건만 이기용의 눈에는 그저 파괴에 대한 열망과 편협한 복수심만 가득했다.

이기용은 사랑했던 누이의 죽음을 세상의 탓으로 돌리고 있었다.

세상의 이치, 그 모든 것들이 누이를 죽게 만들었으니 그의 곡해된 시선이 만들어 낸 세상의 이치대로 모든 걸 무너뜨릴 작정이었던 것이다.

윤후는 그의 그 편협한 눈빛들이 형을 죽음으로 몰아넣었다는 것이 몸에 치가 떨리도록 화가 났다.

"……오정원이 너의 끈이라면 군무맹 내부에 분열을 만들어 놓은 것도 네 계획의 일부라는 건가?"

윤후는 파르르 떨리는 눈빛으로 이기용을 뚫어지게 응시했다.

이기용은 광기를 숨긴 눈동자를 굴리며 대답했다.

"고한으로부터 네가 이곳에 와 있다는 것을 알게 된 순간부터 나에게는 또 다른 계획이 생겼지. 그대를 내 눈앞에 두는 일."

이기용의 말에 윤후가 마른침을 삼키며 월양쌍륜검을 더욱 힘 있게 쥐었다.

그런 그를 향해 이기용이 갑작스레 물어왔다.

"살고 싶지 않나? 그렇담…… 계속 연기를 해도 좋아. 난 그대를 내 옆에 두고 선봉장으로 세우고 싶거든. 복수의 끝을 봐야 하지 않겠나."

"내가 복수해야 할 사람은 너뿐이야."

"아니지. 그대의 형을 제거한 것은 내가 알기로는 오정원과 그의 수하거든. 아, 이제 기억났군. 적우라고 했던가."

"……입 닥쳐. 네 세 치 혓바닥으로 모든 걸 발아래 두었다고 생각하지 말란 말이다."

부릅뜬 윤후의 두 눈동자에서 당장이라도 핏물이 쏟아질 듯 핏발이 섰다.

핏발 선 윤후의 두 눈을 응시하던 이기용이 고개를 좌우로 저으며 대답했다.

"이봐, 난 당장이라도 그대를 베어 버릴 수 있어. 내게 있어서 그대의 효용 가치는 딱히 없지. 그저 약간의 유희랄까. 그런 그대에게 이런 거짓을 굳이 애기해 줄 필요가 있을 것 같은가?"

이기용은 그 말과 함께 그를 향해 한 손을 내밀었다.

"사물의 기억을 읽을 수 있는 능력이 있다고 하던데, 그 말이 사실이라면 내 손을 잡아 보지 그래."

이기용이 내민 손을 지긋이 바라보던 윤후는 들고 있던 월양쌍륜검 두 자루를 땅에 박고는 성큼성큼 그에게 다가가 그의 손을 낚아채듯 잡았다.

사람의 기억을 읽기 위해서는 그 사람의 마음이 열려 있어야 한다.

윤후는 지금껏 사물에 새겨진 기억들만을 읽어 왔지만 사람을 통해 그의 기억을 되살펴 본 적은 단 한 차례도 없었다. 하지만 사물이 가능하다면 사람도 가능할 거라는 생각이 들었다.

그의 마음만 열린다면.

"마음을 열어. 내가 너의 머릿속을 들여다볼 수 있게."

윤후의 손이 이기용의 손을 맞잡았다.

이기용의 손을 맞잡은 순간 윤후는 마치 커다란 늪 속으로 자신의 몸이 빨려 드는 것 같은 착각을 받았다. 그리고 끝없는 어둠이 윤후를 집어삼켰다.

윤후는 어둠 속을 배회했다.

걷고 또 걷자 마치 밤하늘의 별들과도 같은 기억의 편린들이 윤후의 옆을 스쳐 지나갔다.

윤후는 그중에 자신이 원하는 기억을 찾기 위해 부유했다.

그리고 윤후가 기억하는 형의 마지막 옷깃의 기억들을 떠올렸다.

아귀가면.

형이 마지막 죽음 끝에서 보여 주었던 아귀가면의 행방을 이기용의 기억에서 찾은 것이다.

그리고 이기용의 기억 끝에서 되찾은 것은 오정원과 이기용의 대화였다.

그들은 깊숙한 산속에 있었다.

각자 마차를 끌고 온 것은 둘이었다.

이기용은 그의 곁을 지키는 서정하와 나타났고 오정원은 적우와 함께 모습을 드러냈다.

—……준비는?

—끝났습니다. 백오동의 죽음으로 말미암아 본맹은 경계하게 될 것입니다. 그대들의 세상을…….

—본련의 세상이 될지, 군무맹의 세상이 될지는 두고 봐야겠지. 아니 그런가.

—원하는 것이 있어 당신과 함께 하는 것일 뿐, 사마련은 반드시 사라져야 할 썩은 물입니다.

—두고 보지.

넷의 회합은 짧았다.

하지만 오정원을 따라나섰던 적우의 허리춤에 달린 아귀가면은 이기용의 눈빛에 또렷이 기억되어 있었다.

그 당시 이기용의 눈으로 상황을 지켜보던 윤후는 그것을 보자마자 이기용과의 기억 공유에서 깨어났다.

공유의 공명이 깨어지자 윤후와 이기용 둘 모두 손에 반탄력이라도 생겨난 듯 번개처럼 서로의 손을 놓으며 물러났다.

윤후는 뒤로 물러나는 속도 그대로 몸을 돌려 땅에 박혀 있던 월양쌍륜검을 양손에 잡고 한 발을 다시 앞으로 내딛었다.

엿가락처럼 늘어난 그의 보법은 신묘했다.

다섯 걸음은 떨어진 거리가 눈 깜짝할 새 반 걸음

거리로 줄어들어 윤후의 검이 이기용의 목젖에 닿아 있었다.

이기용은 웃음을 머금은 채 윤후를 바라봤다.

"보았잖나."

"……적우……."

분명 적우였다. 적우의 눈빛은 슬펐지만 그것은 형을 죽인 이유로 충분하지 않았다.

"대체 왜…… 대체 적우가 왜!"

그를 믿고 싶었다.

서로를 믿던 과거의 그날처럼, 언젠가 그날이 다가올 거라는 생각을 은연중에 품고 있었다.

하지만 이제 윤후에게 있어서 적우는 반드시 넘어야 할 적이 되어 버렸다.

그리고 그 모든 사실을 알려 준 것이 이기용이라는 사실은 윤후를 더욱 슬프게 만들었다.

적우 본인의 입으로 듣지 않고 타인에 의해 이 모든 사실이 밝혀진 셈이었으니.

윤후는 부들거리는 손에 더욱 힘을 주며 당장이라도 이기용의 목젖에 들고 있는 적양을 박아 넣을 듯 입술을 굳게 닫았다.

이기용은 손가락 끝으로 윤후의 적양 끝을 느리게 내리 누르면서 속삭이듯 말했다.

"네 적은 누구야. 나인가, 아님 오정원인가. 그것도 아님 세상 모두인가? 세상 모두라면 나를 도와. 이 이치대로 모든 걸 지배해, 그 이후에 세상을 덮고 있는 이 말도 안 되는 규율들을 없애 버리자. 천하도, 너도, 그리고 나도. 무(無)의 시대로 돌아가는 거지. 애초에 없었던 것처럼."

"나는……."

적양을 손에 쥔 채 고개를 떨어트린 윤후의 눈가에서 눈물이 떨어졌다.

돌아갈 수 없는 과거.

그리고 원망스럽기만 한 세상의 일원들이 머릿속을 떠다녔다.

어쩌면 이기용의 말이 옳을 수도 있었다.

썩어 빠진 모든 것들을 다 뽑고 나면 세상이 잠시쯤은 나아질 수도 있을 것이다.

그러나 형은 결코 자신의 사람들을 혹은 자신의 곁에 머무는 이들을 포기하지 않았다.

절망에 빠지면 그 절망 속에서조차도 희망을 찾기

위해 먼저 움직였고 먼저 고통스러워하기를 꺼려하지 않았다.

그리고 늘 이야기했었다.

나아질 거라고 모든 것이.

"……너의 그 이상을 위해 희생되어야 할 이들은 몇인데. 조금의 희망이라도 품고 있는 사람들이 아직 남아 있어. 병들어 있다고 해서 남은 희망까지 포기해야 하는 건, 네 이상적 천하가 간과한 일이지."

"안주를 위해, 아무런 희생도 하지 않기 위해, 지켜야 될 것이 있다는 핑계들로 범벅이 된 설교를 늘 어놓겠다는 것이군. 지금의 천하란 모든 것이 역설이다. 역설이라는 반석 위에 빚어진 천하는 다시 처음으로 돌아가야 하지. 그 위대한 발걸음의 첫 시작은……."

지금껏 평온하던 이기용의 눈동자가 다시금 마왕의 위엄을 되찾았다.

깊은 심연을 담았던 이기용의 눈빛에 뚜렷한 적의가 감돌았다.

윤후는 그의 눈을 바라보는 것만으로도 확실하게 알 수 있었다.

지금의 그에게 있어서, 윤후 자신은 이제 더 이상 회유의 대상이 아니었다.

강호에서 신념이 같으면 더 없을 지음이나 다르면 부모형제를 죽인 자와 다름없는 적이다.

윤후는 월양쌍륜검을 그대로 이기용의 목젖에 박아 넣었다.

고작해야 주먹을 쥐면 반도 안 되는 거리였다.

그가 아무리 날고 기는 탈신(脫身)의 경지, 화경의 경지에 올라선 괴물이라 할지라도 이 일격은 막기 쉽지 않았다.

하여 윤후는 작정하고 그를 향해 일격을 가했다.

윤후의 적양이 태정태도의 기운을 받아들여 뻗어진 순간이었다.

이기용의 몸이 두 갈래로 나뉘어졌다.

그는 마치 이 일격을 예상했다는 양 너무나 자연스럽게 윤후의 검을 자신의 목젖 바로 앞에 두고도 피해 냈다.

"오정원은 곧 내부의 분열을 이용해 군무맹 맹주의 목을 쳐 낼 테지."

이기용이 윤후의 등 뒤를 점하고 나지막한 목소리

로 속삭였다.

윤후의 온몸에 무기력함이 깃들었다.

아무것도 할 수 없다는 무기력감.

하지만 윤후는 이대로 모든 걸 놓아 버릴 수 없었다.

아직 사지가 움직인다면, 형이 사랑했던 사람들을 위해서라도 무엇이든 해 봐야 했다.

이기용을 막는다고 해서 모든 것이 다 제자리로 돌아갈 수는 없겠지만 한 가지는 확실했다.

"저승길에 가서라도 형에게 떳떳할 수는 있겠지. 최선을 다했노라고. 하지만."

윤후가 이내 말을 멈췄다.

그의 전신에서 피어오르던 투기도 애초부터 없었던 것처럼 사그라졌다.

살기, 투기 어떤 적의도 느껴지지 않자 윤후의 등 뒤를 점하고 있던 이기용이 손을 그의 어깨에 얹었다.

"……하면?"

"형은 죽었고 나는…… 더 갈 데도 없어. 만약 나의 형을 죽인 것이 적우고 그런 적우를 배후에서 움직인 게 오정원이라면 너의 뜻과는 달라도 같은 길을 갈 수도 있겠지."

"그렇겠지."

"군무맹은 이미 오정원의 숨결이 깊숙이 들어가 있어. 나는 군무맹과 전쟁을 원치 않아. 하지만 그 싸움에 끼어들 필요도 없지. 나의 선택은…… 하나."

"들어 보고 싶어지는군."

"네가 말하는 자들을 내 수하로 키운다. 살인귀로 만들든 무슨 짓을 하든, 놈들을 내 휘하에 두고 네가 전쟁을 일으킬 즈음에 시작하지."

"무엇을 말인가."

"빤하지."

윤후가 월양쌍륜검을 봉인백막에 감고는 이기용의 곁을 스쳐 지나가면서 뒷말을 덧붙였다.

"오정원과 그 휘하에 있는 자들을 전부 제거한다. 내가 원하는 시간, 원하는 공간에서."

"뜻대로 하게끔 도와주지."

이기용은 뒷모습을 보이며 사라져가는 윤후를 바라보며 호탕하게 웃음을 터트렸다.

꽤나 기분이 좋아 보였다.

이윽고 윤후가 사라진 공터에 서정하가 나타났다.

부복하는 서정하에게 이기용이 웃음기 담긴 목소리
로 입을 열었다.

　"아주 좋은 투견(鬪犬)을 구했다."

　"백윤후를 이르심입니까."

　"그래, 아주 좋은 투견이야. 나와 같은 하늘을 바
라보고 있는 착각을 하고 있는 오정원 같은 버러지들
을 제거할 최적의 조건을 가진 녀석이지. 꽤 신경 써
야겠어. 필요한 것들을 다 주거라. 모조리 다. 여자
가 필요하다하면 여자를, 독이 필요하다면 독을, 술
이 필요하다면 술을 줘."

　"시일을 얼마나 주면 되겠습니까."

　"……오정원은 내분을 시작했고 곧 본련을 향해 검
을 들이대겠지. 놈은 자신의 뜻대로 군무맹이 움직이
면 더 이상 내게 연락을 취해 오지 않을 게 빤해. 전
쟁에서 승리해 사마련을 함락시키려 들 테니. 하나
바로 그때 내가 투견의 목줄을 풀 시간이 될 것이야."

　이기용은 사실 오정원에게 군무맹이 사마련으로부
터 적의를 드러낼 수 있는 여지를 주었다.

　그 여지라는 것은 군무맹이 사마련에게 전쟁을 일
으킬 만한 명분을 주는 것.

그 명분을 주는 일은 분명 성공했고 현재 오정원은 자신이 만든 사건들을 포함해서 다른 여론들을 전쟁을 해야 한다는 의견으로 몰아갔다.

하지만 오정원이 간과한 것이 하나 있었다.

바로 이기용의 속셈.

그는 똑같이 전쟁을 원하고 있었지만 내심 백윤후를 이용한 또 다른 꿍꿍이를 품고 있던 것이다.

"그 일은 아직도 내게는 충성을 맹세하면서도 전쟁을 탐탁지 않게 생각하며 반기를 품은 자들에게 경종을 울리게 하겠지."

이기용은 동시에 군무맹의 선공을 통해 자신에게 여전히 반하려는 무리들의 충성을 두텁게 만들고자 했던 것이다.

더불어서 오정원의 제거까지 생각해 둔 그는 이제 때를 기다리고 있었다.

애초 오정원과 약조된 전쟁을.

그리고 전쟁의 승리자로서 천하를 발아래 둘 그날을.

"……잘 지켜보도록 하라."

"련주의 명을 받듭니다."

서정하의 툭 튀어나온 두 눈이 살기로 번뜩였다.


그사이 윤후는 정자를 벗어나 월양쌍륜검을 든 채로 빠르게 발길을 옮겼다.

이윽고 그가 처음 깨어난 처소 안으로 들어서자 익숙한 목소리가 들려왔다.

"이야기가 잘된 모양이군."

고한의 목소리였다.

그의 목소리가 들리자마자 윤후가 착 가라앉은 눈동자로 그를 쳐다봤다.

웃고 있는 고한의 얼굴을 그윽한 눈길로 바라보던 윤후가 피식 웃었다.

"제법이야."

고한은 윤후가 무슨 이야기를 하는지 금세 이해했다.

"모든 걸 들었군. 그분께."

"내게 말해 왔던 모든 게 다 거짓이었나?"

"아니. 나는 그럴 수밖에 없었다."

"변명해 봐. 아주 잠깐은 들어 주지."

윤후의 말에 고한이 재차 입을 뗐다.

"애초에 나는 련주의 뜻대로 희생되어야 할 미끼였다. 다른 곳에서 련주 휘하의 병력들이 무사히 난에 성공할 때까지 장내에 있는 이들의 시선과, 시간을 모두 끄는 미끼 역할이었지. 그리고…… 나는 내 형제들의 안위를 부탁했고 내 영역 안에서의 평화를 약조 받았다. 이렇게라도 하지 않았다면…… 고인 물이나 다름없는 흑사방주는 나를 비롯한 내 휘하에 있는 형제들을 모두 제거했을 게 빤하지. 나는……!"

고한이 지금껏 마음속에 품은 한이 눈 바깥으로 튀어나왔다.

붉게 충혈 된 그의 눈동자를 바라보며 윤후가 그의 멱살을 잡아당겼다.

"고한, 당신…… 미친 배에 올라탄 거야."

"나는 이미 형제들을 잃었다. 남은 건, 내가 지키는 영역에 사는 이들의 희생만큼은 보지 않게 하는 것이지. 흑사방주가 용벽수의 눈에 들기 위해 강호인이 아닌 군민들마저도 아편굴에 집어넣는 것을 더 이상 보지 않아도 된단 말이다. 죽은 내 아내와 같이 강호의 강도 모르는 이들이 더 이상……."

"전쟁이 벌어진다. 이 아둔한 사람 같으니라고."

윤후가 이를 꽉 다문 채 잇새 사이로 말했다.

윤후의 말이 무슨 뜻인지 이해하지 못한 고한이 미간을 찌푸렸다.

"그게 무슨 말이냐."

"전쟁이 벌어진다고. 강호인들 간의 전쟁이. 그럼 군민들은 안전해질 거라고 생각해? 이기기 위해서는 군무맹이건, 사마련이건 수단과 방법을 가리지 않을 거야. 왜? 그래야 이기니까. 그래야 그놈들이 원하는 걸 얻을 수 있게 될 테니까. 하나 결국 남는 건 이 전쟁과 무관한 이들의 희생뿐이야. 그럴 거라면…… 누군가 끝내는 수밖에."

"무슨 생각을 하고 있는 것이냐."

고한의 물음에 윤후가 날카로운 눈빛을 보이며 대답했다.

"두고 보면 알겠지. 그리고 누구나 인간은 실수를 해. 그 덕에 실수를 번복하지 않으려 애쓰는 것도 인간이지."

윤후의 담담한 목소리에 고한의 눈빛이 세차게 흔들렸다.

쾅—!

사열귀옥의 옥의 문이 닫혔다.

사열귀옥 중 가장 아래층인 사열은 세상에 모든 고문이 집약된 곳이었다.

목숨에 크게 지장이 되지 않는다면 모든 걸 사용한다.

가벼운 고독(蠱毒)은 약과에 불과했다.

윤후는 이곳에 홀로 들어왔다.

간수장과 간수들은 이미 윤후의 시간에는 자리를 비워 문을 봉쇄했다.

'이곳에 온 지 한 달이 지났다.'

처음 윤후가 이곳에 왔을 때 철창 뒤에 놓인 수감자들의 표정은 죽음을 기다리고 있는 얼굴들이었다.

더 이상 충의 같은 건 그들의 얼굴에 보이지 않았다.

인간의 원초적 욕망만이 이미 그들의 이성을 지배했을 뿐이었다.

하지만 놀라운 것은 그 와중에도 마혼패룡로의 대주 마대만큼은 완고한 입술을 굳게 다물고 있었다.

그의 눈에는 투기가 일렁였고 두려움이란 감정은

찾아보려야 찾아볼 수도 없었다.

그저 한 번쯤 눈빛을 꺾고 살려 달라 얘기 할 법도 하건만 그는 단 한순간도 그런 적이 없었다.

윤후는 처음부터 그들에게 제안했다.

―탈출시켜 주지. 이곳에서.

윤후의 말을 그들은 믿지 않았다. 윤후에 대한 적의가 뿌리 깊게 파고들어 있었던 탓이다.

윤후는 그들의 주인이었던 용벽수에게 대항했고 용태진을 쓰러트렸다.

그런 그의 제안이 믿을 있는 거래인지 그들로서는 판별하기 어려운 게 분명했다.

하지만 윤후는 꾸준했다.

그는 이기용에게 의심받지 않기 위해 그들의 몸을 다시 단련시켰다.

어찌 됐건 이기용은 윤후에게 그들을 선봉에 설 살인귀로 재탄생시키라 했고 윤후도 그의 뜻을 어느 정도는 따라 줄 생각이었던 것이다.

하지만 실상은 달랐다.

윤후는 그들에게 한 가지만을 원했다.

복수.

애초 윤후가 이기용의 뜻을 따르겠다고 한 것은 바로 이들과 힙을 합치고자 한 의중이었던 셈이다.

그렇게 시간이 흘렀고 다른 선택권이 없는 마대를 비롯한 수감자들로써는 윤후의 뜻을 따를 수밖에 없었다.

달리 다른 길이 없었기 때문이다.

처음부터 수감자들은 이기용의 뜻에 반발하는 것을 막기 위해 이지탈단(理智脫丹)을 삼켜야 했다.

이지탈단 또한 고독의 종류인 괴명종(怪鳴種)으로 만든 단약인데 이 단약을 먹은 이들은 기이한 소리를 내는 고독인 괴명종들을 작은 목갑에 넣어 흔들어 소리를 듣게 하면 환각과 이명에 괴로워하다 죽어 간다고 알려져 있었다.

윤후는 수감자들에게 그 사실을 말해 주며 이야기했다.


─싸우는 것이 능사는 아니야.

그리고 윤후의 이야기에 수감자들은 조금씩 그를 신뢰하기 시작했다.

신뢰라기보다는 유일무이한 선택이기는 했지만, 윤후는 덕분에 이기용의 신뢰를 얻을 수 있는 기반을 닦기 시작했다.

그들을 뜻대로 수련시키고 순종적으로 보이게 만들었던 것이다.

그리고 마침내 오늘 윤후는 모든 준비를 마쳤다.


늘 그렇듯 오늘도 간수들은 단약을 수감자들에게 먹이기 위해 자리했다.

윤후도 늘 그렇듯 그들이 단약을 먹는 것을 지켜보았다.

하지만 오늘은 분위기가 달랐다.

윤후는 챙겨 오지 않던 월양雙륜검을 양 허리춤에 매단 채 장포를 입고 있었다.

검은색 장포가 조금씩 윤후가 흘려 내는 기운에 펄럭이기 시작했다.

간수들이 저마다 맡은 수감자들의 입에 억지로 산공독을 넣으려던 순간 윤후의 양손에 투명한 실이 뻗어졌다.

실에 매달린 침들에는 독이 발라져 있었고 윤후의 손끝에 따라 빛살처럼 뻗어진 침들은 정확히 스무 명의 간수들의 목에 정확히 꽂혀 들었다.

간수들을 윤후의 움직임을 예측하지 못했기에 반항도 하지 못하고 쓰러져 갔다.

이어서 윤후가 기다렸다는 듯 쓰러진 간수들의 품에서 열쇠뭉치를 빼 들었다.

윤후가 열쇠들로 빠르게 양팔에 수갑이 채워져 있는 마대와 그 휘하 수하들, 그리고 성마연원후의 후기지수들을 풀어 주었다.

마대는 얼얼한 양손을 만지작거리며 윤후에게 가볍게 눈인사를 건넸다.

"이유야 어쨌건 당신에게는 은혜와 원수를 다 갚아야겠군."

"아직까지 원수를 갚을 때는 아니지. 적어도……
이기용을 막은 뒤에 그 원수를 갚도록 해. 아님 이곳을 탈출한 이후에 그러거나."

이미 약조된 계획은 간단했다.

쓰러진 간수들의 옷으로 모두 갈아입고 윤후가 임

시적으로 만들어 놓은 인피를 쓰고 사마련을 벗어나
는 것이다.

이미 꽤 오랫동안 시각 별로 누가 담당 간수인지
확인을 해 두었던 윤후에게 있어서, 그들의 인상과
흡사한 인피를 만드는 일은 그리 어렵지 않았다.

"간수들 인피를 가장 무위가 좋은 이들이 쓰고 나
머지는 그들에 의해 끌려간다."

각 층마다 미연의 사태를 방지한 검층(撿層) 구간
이 있었다.

세 번의 검층 구간만 무사히 빠져나가면 그들에게
는 충분히 승산이 있었다.

이윽고 간수들을 전부 쇠사슬에 걸어 놓은 그들은
각기 맡은 대로 윤후를 선두로 옥을 빠져나가기 시작
했다.

윤후는 평소 지나다니던 걸음걸이대로 차분히 층을
오르기 시작했다.

검층 구간은 그리 험난하지 않았다.

간수들이 이기용의 뜻을 받들어 수감자들을 훈련시
키고 있다는 것을 이미 아는 까닭이다.

마지막 검층 구간이자, 일층 바깥으로 빠져나가는

통로 앞에서 그들은 마지막 검층을 받고 있었다.

마지막 검층에서 그들은 인피 여부를 확인하려는 듯했다.

그때 윤후가 침묵하던 입을 열었다.

"잠깐."

"왜 그러시오?"

검층 간수장이 자신의 손목을 잡아챈 윤후를 의아한 눈빛으로 바라보았다.

그 눈빛에는 의심이 잔뜩 서려 있었다.

윤후는 그 와중에 이미 적이 있음을 알리는 경종에 가까이 가는 간수 몇을 보았다.

경종을 치기 전에 제거해야 했다.

윤후가 무덤덤한 얼굴로 재차 입을 열었다.

"……이미 이쪽 간수들이 확인했소. 시간 더 들여서 귀찮은 일을 할 필요가 있겠소?"

윤후의 말에 간수장은 잠시 고심하는 듯하더니 고개를 저었다.

"확실한 게 좋지 않겠소."

굳이 인피를 뒤집어 보려는 간수장의 손목을 그러라는 듯 놓은 윤후는 재빨리 양 소매를 털었다.

그러자 남아 있던 침들이 암기처럼 윤후의 소매 안에서 날아갔다.

기가 실린 암기들이 경종 앞에 있던 이들의 목젖에 정확히 꽂혀 들었다.

이어서 양 허리춤에 꽂혀 있던 월양雙륜검이 윤후의 허공섭물에 이끌려 검집에서 동시에 빠져나왔다.

허공으로 튀어 나간 월양雙륜검을 윤후가 땅을 박차며 뛰어올라 양손에 잡아챘다.

꺄아아악─!

적양과 청월을 두 손에 잡은 윤후는 소용돌이처럼 회전해 두 자루 검으로 쇄도한 간수들을 베어 버렸다.

화경을 바라보고 있는 초절정 고수의 경공은 이미 간수들이 감당할 수 있는 수준이 아니었다.

회전하던 원심력으로 몸을 빙글 돌리며 다시 월양雙륜검을 거두어들인 윤후가 이미 쇠사슬을 다 풀고 그를 바라보고 있는 마대와 나머지 고수들을 향해 입을 열었다.

"일이 이렇게 된 이상, 할 수 없소. 곧 이층의 간수들이 올라와 볼 테고 그들이 알아채기 전에 이곳을 빠져나가는 수밖에. 모두 간수복을 입으시오. 늦기 전에 북문에서 만납시다."

윤후는 그 말을 끝으로 막혀 있던 커다란 철문을 열었다.

빛이 새어 들어온 철문과 함께 먼저 바깥으로 나선 윤후의 눈앞에 붉고 뜨거운 기운이 넘실거리며 앞으로 쇄도했다.

재빨리 월양쌍륜검을 부딪쳐 기파를 만들어 낸 윤후의 눈앞에서 검의 형상을 가진 강기가 터졌다.

터진 강기의 여파에 떠밀려 두어 발자국 밀려난 윤후의 눈앞으로 활시위를 재고 있는 고수들과 만반의 준비를 갖춘 전투 대대들이 도열하고 있는 것이 보였다.

그들은 이미 윤후를 기다리고 있었다.

"백윤후—!!"

입가에 미소를 머금은 이기용의 웃음소리가 깃든 목소리가 들려왔다.

윤후는 그의 목소리를 들으며 재빨리 철문을 다시 닫았다.

그의 얼굴에 긴장된 기색이 서리자 윤후의 등 뒤에서 기다리고 있던 마대가 무겁게 입을 열었다.

"모두 있는 병장기를 모두 쥐어라."

이미 그는 모든 비밀이 밝혀진 것임을 직감했다.

마대의 말에 따라 모두의 얼굴이 어두워졌다.

윤후가 그들을 향해 말했다.

"이미 예상한 일 중의 하나였소. 최악의 일이긴 하지만."

"방법이 있겠소?"

마대의 물음에 윤후가 고개를 저었다.

"전혀."

"어떻게 이 일이 새어 나간 것이오?"

마대의 물음에 윤후가 피식 웃으면서 말했다.

"이 일을 나 혼자서 모두 해낼 수는 없었소."

"조력자가 있었군."

"그렇소. 그가…… 날 배신한 거겠지."

윤후는 고한을 떠올렸다.

고한을 모두 신뢰하지는 않았다.

하지만 적어도 일부는 믿었다.

전쟁을 일으키려는 이기용의 의중을 전혀 이해하지 못한 고한이 적어도 자신을 도울 거라는 확신이 있었다.

그러나 이번에도 예상은 틀리고야 말았다.

고한은 자신을 배신한 게 틀림없었다.

"백윤후!!"

재차 철문 바깥에서 이기용의 목소리가 또렷하게 들려왔다.

윤후는 더 시간을 끌지 않고 가벼이 웃어 준 뒤 비장하게 입을 뗐다.

"난 오늘…… 저놈 모가지를 베고 죽을 생각이오. 부디 목숨들 부지하시오."

윤후는 덤덤한 얼굴로 입을 떼고는 닫아 둔 철문을 다시 활짝 열어 갔다.

수많은 고수들을 향해 아무런 두려운 기색 없이 나아가는 윤후의 뒷모습을 바라보던 마대도 간수가 떨어트린 검을 집어 들며 그의 뒤를 따랐다.

어느새 어깨를 나란히 하고 걷는 마대를 윤후가 꽤 놀란 얼굴로 쳐다보자, 마대가 시선은 정면에 유지한 채로 대답했다.

"……이기용의 목은 내 것이오."

"가능하다면 해보시든가."

기다렸다는 듯 응수한 윤후와 함께 두 사람을 필두

로 두 개 대대 가량이 고수들이 나란히 바깥으로 걸음을 나섰다.

이기용은 수하들을 등 뒤에 둔 채로 윤후의 앞으로 걸어왔다.

"쯧쯧."

혀를 차는 그를 향해 윤후가 대답했다.

"고한인가?"

"……우둔하여 쓸모가 있는 곳을 찾아 주었더니 결국 실망만 주는구나."

이기용의 이어지는 말에 윤후가 뜸 들이지 않고 대답했다.

"고한이군."

윤후는 이기용의 말에는 대답 않고 저 멀찍이 윤후를 바라보고 서 있는 고한을 바라봤다.

고한과 나누었던 이야기들이 잠시 떠올랐다.


─그대가 쓰러졌을 때, 심장이 오른쪽에서 뛴다 하더군. 의원이.

─한데?

─꽤 특별한 존재인가 싶어 물었네. 실제로도 그럴까, 하

늘에게 물어보고 싶어졌어.


　고한과 나눴던 이야기는 그뿐이 아니었다.
　이런 저런 이야기 속에서 윤후는 내심 믿고 싶었다.
　고한이라는 사내를.
　'결국 이렇게 되나 보다, 형.'
　윤후는 유난히 맑은 하늘을 바라보며 웃었다.
　절망적인 상황 속에서 웃고 있는 그를 바라보며 이기용이 기다린 듯 물었다.
　"준비는 되었나?"
　"되었지. 네놈은?"
　"……한 번 더 재고해 준다면 어찌할 테지?"
　"내 대답은."
　윤후가 월양쌍륜검을 뽑아 들자 그의 눈이 붉어지기 시작했다.
　"충분하겠지, 이것으로."
　우아아아아—!
　두 자루 월양쌍륜검을 뽑아 든 윤후의 등 뒤로 마대를 포함한 두 개 대대의 고수들이 신형을 날렸고 그런 그들을 향해 이기용의 양손에서 뻗어진 하얀색 불꽃 강기가 사방으로 퍼져 나갔다.

"모두 나서지 말라. 이 싸움으로 똑똑히 보여 주겠노라. 본좌가 신임을."

윤후가 월양쌍륜검을 휘두르며 그런 이기용을 향해 독기 가득한 목소리로 외쳤다.

"그렇담 오늘 나는 신을 벤다!"

윤후와 이기용의 병장기가 마침내 불꽃을 튀며 부딪쳤다.

종장(終章)

후두둑. 후두둑.

비가 유독 많이 떨어졌다.

하늘이 슬픈 것인지 비는 며칠 동안 그치지 않고 계속 내렸다.

콰콰콰쾅—!

산속에 버려진 시신들을 바라보던 고한은 쓰고 있던 죽립을 벗었다.

쏟아지는 장맛비 속에서 고한은 얼굴에 절반이 타버린 윤후의 시신을 끌어 올렸다.

그의 왼쪽 가슴에는 작은 비수가 박혀 있었고 고한

은 품속에서 꺼낸 주머니에서 단약을 꺼내 윤후의 입에 흘려 넣었다.

"늦지 않았길 빈다."

고한은 자신의 장포로 윤후가 비를 맞지 않게끔 덮어 주고는 등을 돌렸다.

발걸음을 옮겨 가던 그의 곁을 흰 천으로 얼굴을 감싸 맨 사내가 지나갔다.

"사자은이……."

나지막한 목소리로 읊조리는 고한을 스쳐 지나가던 사자은이가 문득 등을 돌리면서 대답했다.

"이것으로 모든 빚은 끝이다."


〈『수신무제』完〉